僕らの口福ごはん

高庭駿介

富士見L文庫

もくじ

【第一章　空豆】

一品目「生空豆とクリームチーズ」

「まったく……、出かけたと思ったらこんなに一杯買ってきて……」

和樹《かずき》は台所に積まれた緑色のサヤの山を見てため息をつく。

「えー、いいじゃん別に。美味《おい》しそうだし」

和樹の隣に立つ爆買いの犯人、陽平《ようへい》は、そんなことを気にも留めずあっけらかんとしている。

「千葉行ってきたんだっけ？　陽平さんは一体何しに行ってきたの」

「次の小説の取材で館山《たてやま》まで。向こうはもう菜の花が満開だったよ。んで、たまたま街で空豆見つけたからつい。いやー、この量持って電車で帰ってくるの大変だったよ」

「あ、これ空豆だったんだ」

「和樹、空豆見たことないの？」

「サヤつきのは見たことなかった」

和樹は興味津々に目の前の空豆の山を見ている。

「『房州《ぼうしゅう》の空豆』って、昔から有名よ」

「ぼーしゅー？」

「昔の国の名前。安房《あわ》の国って意味。ほら、甲州《こうしゅう》とか信州《しんしゅう》みたいな」

「あー」

「それで、たまたま通りかかった八百屋さんで空豆見つけたの。少しだけ生でかじってみな」

「え、空豆って生で食べれるの？」

和樹がぎょっとした顔になる。

「まぁ、日本ではあまりメジャーな食べ方ではないよね。品種によるけど、新鮮なものなら大丈夫。これは今朝採れたやつらしいから大丈夫だと思うよ」

陽平がサヤを一つ手に取り、手早く中の豆を取り出した。

「あ、見たことある空豆だ」

「和樹、何か小さいお皿出して」

「分かった」

和樹が出した小皿に、陽平が甘皮をむいた空豆を数粒載せる。

「さ、食べてごらん」

「えー、ホントに美味《うま》いの？」

「いーから」

半信半疑の和樹が、恐る恐る生の空豆を口に運ぶ。少しだけかじり、ゆっくりとかみ砕いている。

「どう？」

陽平が和樹の顔を見る。

「シャキシャキしてる。少しほろ苦いような、甘いような……」

その横で陽平も空豆に手を伸ばす。空豆を舌先に載せ、ゆっくりと咀嚼《そしゃく》しながら相性のよい食材を頭の中で思い描いていく。

「…オリーブオイルと塩が相性いいはず。あとは……、クリームチーズかなぁ」

「もう酒のツマミじゃん」

「たぶん辛口の白ワインが合うと思うよ。イタリアだと生の空豆にペコリーノチーズを合わせるって聞いたことがある」

「ねぇねぇ、ブルーチーズは？」

ブルーチーズは和樹の大好物なのだ。

「クセ強すぎて空豆の風味がぶっ飛ぶ」

「えー、残念」

「それぐらい想像すれば分かるでしょ」

「それは陽平さんの特殊能力だって」

「訓練すれば誰でもできるようになるよ」

「ねぇ陽平さん、酒呑《の》んでいい？」

酒豪の和樹の目がキラキラしている。陽平が呆《あき》れ顔で和樹を見る。

「まだこの後九品作るからもう少し待っとけ」

「え、そんなに作るの？　ってか、そんなに空豆ってレシピあるの？」

「今考えてるとこだけど、たぶん大丈夫そう」

「スゲー」

「和樹は後でお使いよろしくな」

「はぁーい」

和樹が少し不満げに口を曲げた。

二品目　「焼き空豆」

「で、残りの空豆はどうするの？」

「生のまま料理に使うのと、一度茹《ゆ》でてから料理するので分けるよ」

「えー、これ全部サヤから出すの？」

確実に自分も巻きこまれると分かっているのだろう、和樹があからさまに顔をしかめる。

「そうだよ。和樹、サヤから豆出すの手伝って」

「あーはいはい。そう言われると思ったよ」

「あ、何本かはサヤから出さなくて大丈夫だよ」

「え、まさかそのまま丸かじりすんの？」

「バカ言うなよ。サヤのまま火にかけて焼き空豆にすんの」

「焼き空豆？」

聞いたことのない料理名に、和樹が首を傾《かし》げる。

「そう、そこで真っ黒焦げになるまで焼くの」

そう言って、陽平がガス台の下の魚焼きグリルを指差す。

「美味しいの？」

「うん。ホクホクして茹で空豆とはまた違った味になるよ」

「へぇーそうなんだ」

和樹はまだ半信半疑といった顔だ。

「じゃぁ、むきながら先に作ってみよっか。和樹味見していいよ」

「え、いいの？」

途端に和樹がご機嫌になる。和樹は食べ物に釣られる単純な性格なのだ。

「じゃぁ、とりあえず三本、和樹が好きな空豆選んでいいよ」

「やったー」

小学生みたいに意気揚々と和樹が空豆を選び、それを陽平がグリルの中に入れる。

「両面焼きだから、だいたい七分ぐらい、かな？」

「オッケー」

和樹は興味ありげにグリルの窓を覗《のぞ》きこんでいる。

「ほーら、そこ立ってないでむくの手伝って」

「はーい」

二人で並んで豆むきをしていると、しばらくしてグリルから空豆が焦げる匂いが立ち上ってきた。

「陽平さん、グリル大丈夫？」

「そろそろかな？　和樹、中見てみて」

陽平が手を動かしながら和樹に指示を出す。

和樹がグリルを引き出すと、中から黒焦げの空豆が出てきた。

「うわぁー、真っ黒じゃん」

それを見た和樹が顔をしかめる。

「中はちょうどいい感じだと思うよ」

「食べていい？」

「いいよ。火傷《やけど》しないようにね」

陽平の言葉に、和樹がいそいそと皿に焼き空豆を載せていく。

「そのまま食べてみて、薄いようなら好みで塩とか醤油《しょうゆ》つけて」

「はーい」

目の前の焼き空豆に夢中なのだろう、和樹は陽平の言葉に適当に返事をする。

息を吹きかけて冷ました空豆を、和樹は甘皮をむき一粒丸ごと頬張った。

「どう？　味は」

「ホクホクしてて、俺が知ってる空豆の味より濃い気がする」

「あー、焼くと味が凝縮されるのかもね。気に入った？」

「うん。美味しい。イケる」

と、和樹は何かを思い出したように箸を置き、陽平の背後にある冷蔵庫を開けた。ガサゴソと音がしたが、醤油《しょうゆ》でも探しているのだろうと陽平は気に留めなかった。

が、しかし、次の瞬間、陽平の聞き覚えのある音が——。

プシュッ。

「あっ、おい和樹！」

陽平が慌てて振り返ると、缶ビール片手に口元に白いヒゲを作った和樹が立っていた。

「ぷはぁぁー、やっぱ合うと思ったんだよね」

「お前、まだ夕飯前なのに飲んでんじゃねぇよ」

「まぁまぁ、そう怒らずに……。ほら、陽平さんも食べてみなよ」

陽平をなだめるように、和樹が焼き空豆を一粒陽平の口に放りこんだ。

不機嫌そうにモグモグと口を動かす陽平の顔を、和樹が覗きこむ。

「ね、美味いでしょ？」

「……まぁ、美味いけども」

「一口食べて絶対ビールに合うと思ったんだよね」

「それ食べたらさっさと買い物行ってこい！」

陽平は買い物のメモを乱暴に和樹の前に突き出す。

「そんなに怒らなくても……。焼き空豆美味しかったんだし」

「それとこれとは話が別」

「ゴメンってば。ちゃんとこれ食べ終わったら買い物行くからさぁ」

何とか陽平の機嫌を取ろうと、和樹が陽平に甘える。

三品目　「空豆の塩茹で」

和樹を買い物に行かせ、静かになった台所で陽平は空豆の下ごしらえをしていた。

ぶつくさ言いながらも和樹が手伝ってくれたおかげで、もうあらかたサヤから豆が取り出されている。追加で作る焼き空豆用に、サヤのままよけたのも調理台の隅に置いてある。

空豆をむき終えると、陽平は大きめの鍋一杯の水を沸かし始めた。鍋を火にかけている横で、むき終わった豆に包丁を入れていく。豆の頭の部分にある茶色い筋の部分に、切れ込みを入れていくのだ。こうすることで、茹《ゆ》で上《あ》がった空豆がむきやすくなるのである。

陽平は筋と平行に、「ノド」と呼ばれる包丁の刃元の角を使って一粒一粒に切りこみを入れていく。筋の手前側にノドの部分を刺し、そのまま奥へ刃を寝かせるように筋の最後まで包丁を入れるのだ。この後に作るほとんどの料理が一度茹でた空豆を使うため、陽平は大きなボール一杯に入った空豆全部に包丁を入れていく。

その作業をしている途中で、買い物に行っていた和樹が帰ってきた。

「ただいまー」

「おう、お疲れ様」

「今何してるの？」

「これから塩茹でを作るとこ」

そう言って陽平は沸騰してきた鍋に塩を入れる。

「おー、それも美味そう」

「さ、空豆全部茹でるよ」

「さすがにこんだけ量あると給食みたいだね」

「こっからは時間勝負だよ」

「そうなの？」

「茹で時間で味が変わっちゃうからね」

「あーなるほど」

「とりあえず和樹は買い物してきたもの冷蔵庫にしまっちゃって。常温で大丈夫なものは俺の後ろの調理台に」

手が離せない陽平は、そう言って顔だけ背後の調理台に向ける。

「分かった」

和樹に指示を出し、陽平は煮えたぎる大鍋の前に陣取った。一抱えはありそうな雪平鍋《ゆきひら》である。頃合いを見て、陽平はむき終わった空豆を一気に鍋に入れた。くすんだ深緑だった空豆が、パッと鮮やかな黄緑になる。茹でずに調理する分を別に分けてあるが、それでもかなりの量である。

「和樹、タイマーで三分計って！」

そう言い終わらぬ内に、陽平は大きめのザルを流しに置く。

「はぁーい」

流しにザルを置くと、陽平は大鍋の前に取って返す。長い菜箸を使って、火の通りが均一になるよう確かめつつかき回していく。陽平の動きは機敏だ。

「はい、三分経《た》ったよ」

「オッケー」

陽平が鍋の中から一粒取り出して火の通り具合を確かめる。

「よし、ザルにあげるよ！」

コンロの火を止め、陽平が大鍋を持ち上げる。流しの上で大鍋を少しずつ傾けていき、ザルの上に茹であがった空豆を落としていく。

「水で冷やさないの？」

「いや、『おかあげ』にする」

「おかあげ？」

「余熱でこのまま冷ますこと」

「へぇー、それをおかあげって言うんだ」

「いつもブロッコリー茹でる時もそうしてるじゃん」

「いや、俺食べる専門だから気にしたことなかったわ」

「このまま盆ザルに広げて冷ませば、豆にシワが寄らなくてキレイに仕上がるんだけど、まぁ味はそんなに変わらないからいっか」

「そうそう、お腹《なか》に入っちゃえば皆一緒」

「もっと他に言い方があるでしょ」

「え、でも間違ってないじゃん？」

「まぁ……、そうだけど。和樹、味見してみる？」

「うん、食べたい」

「火傷しないようにね」

「俺子どもじゃないんだから大丈夫だって！」

頭の中は子ども同然だろ、って言葉が陽平の喉元まで出かかる。が、陽平はそれをグッとこらえていた。

その横で、何も知らない和樹が茹でたての空豆を頬張っている。

「塩加減は？」

「うん。熱いけど味はちょうどいい」

「美味《おい》しい？」

「うん、いつも食べる空豆と同じ味がする」

何の変哲もない和樹の感想に、陽平はため息をつく。

「陽平さん、俺が食レポ下手なの知ってるでしょ？」

「いや、そうだけど、もっとこう、他に言うことあるでしょ？」

「俺にはムリ！」

陽平は頭を抱える。

「ね、陽平さん、他の空豆料理も食べたい！」

空豆の塩茹でも和樹の口に合ったのだろう、目を輝かせながら陽平の方を見ている。

「はいはい。今作るから待ってて」

陽平はまた一つ、大きなため息をつきながら、次の空豆料理を作り始めるのだった。

四品目「空豆のマーマレードサラダ」

相変わらず、和樹はザルに上げた空豆をつまんでいる。

「和樹、そんなつまみ食いしたらなくなるよ」

「えぇー、まだ一杯あるんだからいいじゃん」

「ってか、余熱で火通すから、まだ少し固いはずなんだけど？」

「うん、少し固いけど俺気にしないもん」

「はい、つまみ食い終わり！　また手伝ってもらうよ」

「はぁーい」

和樹が気だるげな返事をする。

「さっき作った分だと足りないから、和樹は焼き空豆の追加を作って」

「分かったー」

和樹がグリルに空豆を入れていく横で、陽平は冷蔵庫を開ける。普段から陽平が料理をするので、冷蔵庫の中には様々な食材や調味料が入っている。

陽平は冷蔵庫からソーセージと玉ねぎを取り出した。小さめのフライパンを火にかけ、その横の調理台でソーセージを薄く斜め切りにしていく。全て切り終わると、フライパンが丁度温まった頃合いだった。

「和樹、フライパン使うからグリルの前どいて」

「油使う？」

「うん。後ろの棚からオリーブオイル取って」

「はい、オリーブオイル」

もう長い付き合いの陽平と和樹の呼吸はピッタリである。

「ありがと」

和樹からオリーブオイルを受け取り、陽平がフライパンに油を薄く広げていく。油がなじんだところで、先ほどのソーセージをフライパンに入れる。

「はい、後は和樹に任せる」

「え？」

「少し端がカリカリになるぐらいの焼き加減で。和樹の好みのタイミングで火止めていいよ」

陽平が今まで持っていたフライパンの柄を和樹に預け、また調理台で別の作業を始める。ソーセージを切った包丁とまな板で、今度は玉ねぎを一玉分、薄くスライスしていく。

「ねぇ、陽平さん、今は何作っているの？」

「空豆のサラダ」

「サラダ？」

「フツーにサラダ作っても面白くないから、ポルトガル風ね」

「ポルトガル風？　陽平さん専門は和食でしょ？」

和樹が首を傾《かし》げる。

「まぁそうだけど、家庭料理レベルなら中華とかイタ飯とかいつも作ってるじゃん」

「ポルトガル料理って、俺食べたことないや」

「俺もないよ」

包丁を使いながら、陽平はケロッとした感じで答える。

「それなのに作ってるの？」

「まぁ、前に本で読んで、今日はそれをアレンジしてるって感じ」

「それで味大丈夫なの？」

「まぁ、味はレシピ見た時に想像できたから大丈夫でしょ」

陽平は切り終えた玉ねぎを、ボールの冷水にさらす。

「和樹、ソーセージばっか見てると空豆が炭になるよ」

「あっ、ヤベっ」

急いで和樹がグリルを開ける。

「まぁ、それぐらいなら大丈夫かな」

陽平が黒焦げのサヤを見て笑う。

「五本分は今作ってるサラダに使うから、少し冷めたら中の皮までむいちゃって」

「はーい」

そう言うと、陽平は冷蔵庫からミニトマトを取り出した。取り出したミニトマトのヘタを取って水洗いし、それを半分に切っていく。

「陽平さん、ソーセージこんな感じでいい？」

和樹が陽平の方にフライパンを少し傾けて中を見せる。

「うん。オッケー」

その言葉を聞いて、和樹が火を止める。

「これ、どーすればいいの？」

「とりあえず置いといていいよ。空豆むいちゃって」

「分かったー」

黙々と和樹が空豆をむいていく横で、陽平はドレッシングを作り始める。ボールに酢を入れ、砂糖、マーマレード、マスタードを順番に加えていき、全てを混ぜ合わせると、最後にオリーブオイルを垂らした。出来上がったドレッシングの中に、冷水にさらしていた玉ねぎを入れる。

「はい陽平さん、空豆むき終わったよー」

「ありがとー」

和樹から空豆が入った皿を受け取り、それもドレッシングのボールに加える。

「和樹、ソーセージこの中に入れてー」

「はいよー」

和樹がフライパンからボールにソーセージを移していく。陽平はそれにミニトマトも加え、全体に味がなじむように混ぜていく。

「和樹、さっきミント買ってきたでしょ？」

「あ、うん」

「冷蔵庫から出して、水洗いして。その後細かくちぎって」

「え、この中に入れんの？」

「そうだよ。これがポルトガル風」

「へぇー」

陽平の持つボールに和樹がミントをちぎって入れていく。

「サイズこのぐらい？」

「もう少し大きくても大丈夫。茎の部分は捨てちゃって大丈夫だよ」

「オッケー」

和樹の手元からミントの爽やかな香りが立ち上ってくる。ミントを入れ終わると、陽平はもう一度ボール全体を混ぜ合わせた。

「ほら、味見してみ？」

陽平は調理台の横の流しで手を洗っていた和樹の口に、サラダを一口放りこんだ。

「どうよ？」

「思ってたほどミントの味しないね。油っこいソーセージもサッパリ食べれて美味しい！」

「でしょー？」

陽平は得意顔でまた次なる料理の支度を始めるのだった。

五品目　「空豆の真丈風」

「サラダはお気に召しましたか？」

「うん、めっちゃ美味《うま》い！」

洗い物をする陽平の横で、和樹はまたつまみ食いをしている。

「和樹、何か果物みたいな味しない？」

焼き空豆を作っていたので、和樹はマーマレードを入れたところは見ていない。興味本位で、陽平は和樹の味覚を試そうと思ったのだ。

「うーん、あんまり」

「ハハハ、やっぱり、和樹の鈍感な舌じゃ分からないかぁー」

陽平の笑い声が台所に響く。

「で、何入れたの？」

バカにされて、和樹は頬を膨らませている。

「オレンジ。隠し味にマーマレード入れてんの」

「へー」

虫の居所が悪い和樹の反応は薄い。

「料理しながらパッと思いついてね。ミントとマーマレードなら相性いいし、肉料理に酸味があるジャムってのも鉄板だから、イケるんじゃないかなぁ、と思って」

「……まさか、一度も味見せずに作ったの!?」

「まぁ……、失敗しないだろうと思って」

「俺を実験台にしたんでしょ？」

「それは……、まぁ、ほら、美味《おい》しかったんだからいいじゃん。さ、次の料理作っていくよ」

「あっ、陽平さんごまかした」

「次は和食に戻って真丈《しんじょう》にしよう！」

追及しようとする和樹を、陽平がのらりくらりとかわす。単純な和樹なら、どうせすぐ忘れると思っているのである。

「『しんじょう』って？」

「生魚のすり身を使った料理」

「へぇー」

「まぁ今日は手抜きして、はんぺん使っちゃうから『真丈風』だね」

「はんぺん冷蔵庫から出す？」

「うん、お願い。それと卵も出して」

「はーい」

陽平から言われた通りに、和樹がはんぺんと卵を調理台の上に置く。

「ありがと。これは俺一人で作れるから、和樹には他の料理の下ごしらえお願いしようかな」

「何すればいいの？」

「アレ、砕いて」

陽平が背後の調理台に置かれた袋を指差す。

「えっ、アレって料理に使うの？」

「そうだよ。後で揚げ物に使うから。チャックつきの袋に入れて、これで粉になるまで叩《たた》いて」

引き出しからめん棒を取り出し、それを和樹に手渡す。

「えー、めんどくさい」

「いーから、やって」

和樹に仕事を言いつけ、陽平は再び真丈作りに戻る。

フードプロセッサーに入れたはんぺんを、滑らかなペースト状になるまで潰していく。

完全に潰れたら卵白を加え、更に練り合わせる。途中で細かく切った空豆の塩茹《しおゆ》でも加え、全てがまんべんなく混ざり合ったところで、陽平はフードプロセッサーのスイッチを止めた。ゴムベラを使って、出来上がった真丈をボールに移し、片栗粉《かたくりこ》で固さを調整していく。

「和樹、真丈味見するー？」

「する！」

「はいはい」

陽平は小鍋を取り出し、その中に油を注いでいく。それを火にかけ、温まった頃合いで丸に成形した真丈を油の海に落としていく。両手に持った二本のスプーンを器用に使い、真丈を丸めていく陽平の手つきは速い。

ものの一分ほどで三、四個丸を作り終えると、陽平はスプーンを菜箸に持ち替え、油の中の真丈を転がしていく。ジューという音を立てながら、白っぽかった真丈が段々と黄金色に色づいてくる。中まで火が通ったのを確認すると、油から上げ、陽平はキッチンペーパーを敷いた皿の上に真丈を取り出した。

「はい、できたよー」

「えっ、もう食べていいの？」

「火傷《やけど》したいならどーぞ」

「陽平さんそんないじわる言わないでよぉー。俺ちゃんと言われたことやってるのに」

和樹が少し涙目になる。

「ほーら、半分に割ったからこれでもう食べれるだろ」

「ありがとー」

陽平から箸を受け取り、和樹は出来たての真丈をゆっくりと口に運ぶ。

「出汁《だし》の中で煮て、汁仕立てにする調理法もあるんだけどね。汁物は別の考えてるから、今日は油で揚げる方法に」

「まだあふいけど、おいひいよ」

「分かったから、食べるか話すかどっちかにしてくれ」

口の中の真丈を飲みこみ、もう一度和樹が話し始める。

「フツーに美味いよ。味もしっかりしてるし」

「お前、俺がメシ作るようになってから、段々言うこと生意気になってきたよな」

「えー、そんなことないよ」

「ちなみにそれ、一切調味料使ってないぞ」

「ホント？」

「今和樹が言ってる味ってのは、空豆とはんぺんが持ってる本来の味。練り物って結構味がしっかりついてんだよ」

「へぇー」

「はい、味見終了！」

そう言って陽平は和樹から箸を取り上げる。

「陽平さんは味見しないの？」

「食べなくても想像つくからいーよ。和樹、次の料理でミキサー使うから出しといて」

「はーい」

和樹が台所の隅から踏み台を引っ張ってきた。その踏み台に乗り、調理台の上の戸棚を開ける。

その下で、陽平がまた次なる料理の支度を始めている。

六品目「空豆のすり流し」

「いやー、ホント高いところの物取ってくれて助かるわ」

「ま、陽平さんより俺の方が背高いからね」

踏み台に乗ったまま、和樹が得意気に胸を張る。百七十前半の陽平に対し、和樹の身長は百八十近い。踏み台の高さも手伝って、今の陽平の目線は和樹の胸元辺りだ。

「はい、ミキサー」

和樹がゆっくりとミキサーを調理台の上に置く。

「ありがと。じゃあ中だけ軽く水でゆすいじゃって」

「はーい」

「さ、品数多いから次の料理もパッパッと作っちゃうよ」

「俺何か手伝うことある？」

「いや、これも俺一人で作れるから、洗い終わったら和樹は『アレ』の続きお願い」

「はーい」

ミキサーを洗い終え、和樹はまた例の作業を始める。陽平は冷蔵庫を開け、中に入っていた小鍋を取り出した。

「それ何？」

「昆布を水に浸《つ》けたやつ」

「へー、出汁取るの？」

「そう」

そのまま陽平はその小鍋を火にかける。沸騰してくるのを待つ傍らで、陽平は先ほど塩茹でにした空豆の甘皮を一つ一つむいていく。むき終わった空豆を、そのままミキサーの中に入れる。

沸騰寸前で小鍋から昆布を取り出し、それと入れ替わるように、今度はかつお節を一摑《ひとつか》みふんわりと入れる。一呼吸置いてから火を止め、かつお節が鍋底に沈んだ頃合いで、出来上がった出し汁を漉《こ》し取っていく。

陽平はその出し汁を少しだけミキサーの中に加え、スイッチを押すと、ミキサーは唸《うな》り声をあげ、数秒で中には滑らかな黄緑色のペーストが出来上がった。陽平は一度ミキサーを止め、また少し出し汁を加えてスイッチを入れる。

その工程を数回繰り返して徐々にペーストをのばしていき、淡い黄緑色の液状になったそれを再び小鍋に入れてふつふつとしてくるまで火にかける。

「で、結局何作ってんの？」

「空豆のすり流し」

「何かスープみたいだね」

和樹が小鍋の中をまじまじと覗《のぞ》きこむ。

「まぁ、和風のポタージュスープみたいなもんだからね」

「へー、どんな味になんのか見当もつかないわ」

「和樹、頼んでたのは終わった？」

「終わったよ。まったく、陽平さんたら人使いが荒いんだから……」

「お疲れ様。少し休んでていいよ」

味醂《みりん》と醤油《しょうゆ》を手に取り、陽平はすり流しの味を整えていく。

最後に味見をして、満足げな表情を浮かべた。

「さ、できたよ。食べてみ？」

陽平はスプーンに少しだけすり流しをすくい、和樹の口元まで運ぶ。

「火傷しないように」

和樹がゆっくりとスプーンに口をつける。

「全然青臭くない！」

「そりゃそーでしょ。誰が作ってると思ってんの」

「まぁね」

「今日は少し暑いから、これを冷やして食べようかなぁと思って」

「へぇー美味そう」

「だからちょっと味濃いめにしてるんだけど、和樹は気づかないよね」

「俺濃いめの味つけが好みだからなぁ……。そっちの方が酒進むし」

「またお前は酒かよ……」

陽平は呆《あき》れた顔で和樹を見る。

その陽平の顔を見て、和樹は無邪気に笑った。

七品目　「空豆と豚のトマト煮」

「ここまで細々した料理が多かったから、次は主菜作るよ」

「肉、魚？」

「空豆と豚肉のトマト煮にするつもり」

「あ、洋風にするんだ」

「和食で考えてたんだけど、いいの思い浮かばなかったのよ」

「ふーん。陽平さんでもそんなことあるんだ」

「そりゃぁ、そういう時もあるよ。和樹、冷蔵庫から豚バラのブロック出してくれる？」

「はーい」

和樹が豚バラのパックを調理台の上に置いた。中のバラ肉を、陽平が一センチほどの厚さに切り分けていく。

「コンロの下からホーローの鍋出して、火にかけて」

「油は？」

「鍋温まったら、オリーブオイルを薄めに」

「了解」

バラ肉を切り終えると、陽平は塩茹でにしないで避《よ》けておいた生の空豆を数本、サヤから取り出した。サヤから出しただけで、中の甘皮はむかずにそのままにしてある。

「はい、油引いたよ」

「ありがと。和樹、もう少し手伝ってくれる？」

「まぁ、いいけど」

「じゃぁ、鍋に鷹《たか》の爪の輪切りとおろしニンニク入れて。焦げるから、火は強くしないで」

「ホント人使いが荒いんだから……」

文句を垂れつつも、和樹は素直に陽平の指示通りに手を動かしていく。その横で、陽平は玉ねぎをくし形に切っていく。

「はい、終わったよ」

「ありがと。油跳ねるかもしれないから、少し離れてて」

そう言って陽平は鍋の中にバラ肉を入れる。

胡椒《こしょう》を振り、肉の表面にほんのりと焼き色がつくまで強火で炒《いた》めていく。焼き色がついたら生の空豆と玉ねぎも鍋に入れ、さらに炒めていく。

「空豆、皮むかずに入れるの!?」

「そうだよ。皮も食べれるし」

「へー、初めて知ったわ」

玉ねぎが少し透き通ってくるまで炒め、陽平はトマト缶を一缶分丸ごと鍋に注いだ。それに水を足し、コンソメのキューブを落として火を細める。

「これでフタして、十五分煮込めば完成かな?」

「これでよーやくゆっくりできるね」

「何言ってるの。その間にもう一品作るよ」

「マジで？　ホントようやるわ……。陽平さん、台所いる時生き生きしてるよね」

「まぁ、料理好きだからね」

そう言いながら、陽平はもう次の料理の支度を始めている。

「和樹には後片づけお願いしようかな。そこの空豆のサヤとか」

「はーい」

洗い物を全て流しに入れ、ふと和樹は調理台の隅にまとめられた空のサヤに手を伸ばした。

「サヤの中って、こんなふかふかなんだね」

物珍しげに、和樹がサヤの中を触っている。

「そういう絵本あったよね。昔読んでもらった記憶がある」

「あーなつかしー。俺も読んでもらったわ」

「その白い綿、爪立てて削ってごらん？　白い綿が黄緑色になるから」

「へぇー、おもしろーい」

和樹が指の腹で綿をねちょねちょして遊んでいる。

「サヤの削った跡を光に透かして見るのもキレイだよ」

「へぇー」

「気が済んだら片づけ終わらせてね。あと、お米三合研いどいて」

「はぁーい」


——それから十分後。

陽平がホーロー鍋のフタを取ると、トマトの少し酸味のある匂いが台所に広がった。

「よし、大丈夫そうだね」

「これでもう完成？」

「……味見したいんでしょ？」

「まぁ、」

和樹が頷《うなず》く。

「言わなくても顔に書いてあるよ」

「もう隠す気ないもん」

陽平が小皿にトマト煮をよそい、それを和樹に渡す。

「どう、味は？」

「空豆って、煮ても美味《おい》しいんだね。ピリ辛で酸味もあって、すごく俺好みの味だわ」

「そりゃ、それ目指して作ってますから」

得意顔で陽平も味見をする。煮込む時間を短くしたおかげで、玉ねぎも空豆も本来の食感が残っている。

陽平は汁を舌の上で転がし、味つけの確認をしていく。煮込んだことでほどよくトマトの酸味も抜け、角の取れた味になっている。口に入れた瞬間舌先にガツンと塩気がくることもない。

「まぁ、こんなもんかな」

そう言って陽平は小皿を置いた。

八品目　「空豆のもち粉揚げ」

「さ、『アレ』こっちにちょーだい」

「はいよ」

和樹が陽平にチャックつき袋を手渡す。袋の中身は、粉になるまで細かく砕かれたあられだった。

「まさか、あられが料理用だとは思わなかったわ」

「本当は『ぶぶあられ』使うのがいいんだけどね。市販ではまず売ってないから」

「なにそれ？」

「京都人が大好きなぶぶ漬けに入ってるやつ」

「あれ言っとくけどウソだからね。俺、向こうで実際にそんな話聞いたことないし」

「分かってるって。で、お茶漬けの素にちっちゃいあられみたいなの入ってるじゃん？　あれのこと」

「あー、何か見覚えあるわ」

「でしょ？　本来はあのちっちゃい粒を粉になるまで砕くの」

話しながら、陽平はあられの粉をバットの上に広げていく。その横に、薄力粉の入ったバットも用意してある。

「マジであられ砕くの結構疲れたんだけど？」

「高々あられ一掴《ひとつか》みやったぐらいで文句言うな」

「だってー」

「ほら、和樹は卵の卵白と黄身分けて」

有無を言わさず、陽平は和樹に卵を持たせる。

「まだやるのー？」

「たった二玉じゃん。ペットボトル使っていいから」

和樹は嫌々ながらも、卵を割り、空のペットボトルを使って卵白と黄身を分けていく。

「はい、終わった」

「ありがと。さすがにもうこれ以上頼んだら怒るよね？」

「怒る」

「もう頼まないから大丈夫。そこ、座っていいよ」

陽平が台所の隅の踏み台を指差す。ミキサーを取り出す時、和樹が乗っていたものだ。

和樹は大人しくそこに腰を下ろす。

「あーあ、もう動けないやー」

「あーのなぁ、俺昔は雑用であの作業延々とやらされてたんだぞ」

「どれくらい？」

「炊いた海老芋《えび》をこういう感じに、あられを衣にして揚げることが多かったから、もの凄《すご》い量やらされたよ。一気に三十人前とか」

「うっわ。俺なら逃げるわ」

「しかも粒が小さいから砕きにくくてさ。金槌《かなづち》で砕いてたんだよ」

そう言って陽平が金槌を打つ真似《まね》をする。

「そんなことばっかしてたの？」

「昔は雑用しょっちゅうやらされてたね。まぁ、実際俺その時からかなりできたし」

「で、今日はそれで空豆揚げるの？」

和樹は陽平の自慢をさらりと受け流す。

「そうそう。昔海老芋で作ってた時は、『海老芋のもち粉揚げ』って言ってたから、これは『空豆のもち粉揚げ』だね」

「ふーん。卵は何に使うの？」

「空豆に卵白をつけて、そこからあられをまぶすの」

その言葉通りに、陽平は分けた卵黄の方は調理台の隅に置いたまま、卵白の方を割りほぐしている。

「卵黄は？」

「まだ使い道決めてないけど……。炒めてサラダに混ぜようかなぁと思ってたけど」

「もらっていい？」

「何すんの？」

「焼いて食べる」

そう言うと和樹は立ち上がり、おもむろにフライパンを火にかけた。

「まぁ……、好きにしな」

「そうするー」

ふと和樹が陽平の方を見る。陽平は何やら見慣れない作業をしている。どうやらガーゼのような布で卵白を包み、絞り出しているようだった。

「ねぇ、それ何してんの？」

「布で卵白漉《こ》してんの。こうするとキレイに衣がつくんだよ」

「へぇー」

こし終わった卵白の中に薄力粉をまぶした塩茹《しおゆ》での空豆を入れ、陽平は立て続けにバットの上であられをまぶしていく。

「和樹、手前のコンロ使うから空けて」

黄身だけ焼いていたフライパンを、陽平が隣のコンロにどける。入れ替わるように、そこにさっき使っていた油の小鍋を置いた。

いくつか出来上がると、陽平はその油の中に空豆を入れていく。

生ものを揚げている訳ではないので、火の通りは早い。さっくり仕上げるために、高温で手早く仕上げていく。上下をひっくり返し、空豆から出てくる泡が小さくなったところで、陽平は油から上げた。

「さ、和樹の口に合うかどうか」

陽平がもち粉揚げの皿を和樹の前に置く。和樹は呑気《のんき》に焼き上がった黄身を食べているところだった。

「食べていいの？」

「『ダメだ』って言っても食べるくせに」

その言葉を聞いて、和樹があられ揚げに箸をつける。

「どう？」

「……カリカリしてて、美味しい！」

「味薄い？」

「まぁ、少し塩味がするだけかな」

陽平も一つ食べてみる。

衣を噛《か》むと、段々とホクホクとした空豆の食感が口に広がっていく。手早く仕上げたおかげで、衣が油を吸い過ぎず軽い食感になっている。肝心の味も、空豆本来のほろ苦さが残っていてすこぶる美味だ。

満足げに咀嚼《そしゃく》する陽平の横で、和樹が不満げな顔をしている。

「やっぱ少し薄くない？　何かつけて食べようよ」

「いや、このままで充分」

「絶対そんなことないってばー」

和樹の不服そうな声が、台所に響く。

九品目　「空豆の甘煮」

「さ、後はご飯とおやつ作ろっか」

「おやつ？」

和樹が首を傾《かし》げる。

「そう、おやつ。まぁ、おやつっていうより箸休め？　みたいなもん」

「空豆で作るの？」

「そりゃもちろん。これで十品そろうでしょ？」

「そうだね」

「お米の方が少し時間かかるから、先にもう一つの方完成させちゃおう」

そう言って、陽平が小鍋をコンロに置く。

「ま、作るのは陽平さんだからどっちでもいーよ。俺は味見担当だから」

「お前なぁ……」

陽平が和樹の両頰をぷにーっと引っ張る。

「やめへよ」

「まぁ、いいよ。とりあえず砂糖だけ取って」

「うん」

和樹から砂糖を受け取ると、陽平は小鍋に砂糖水を作り、それを煮立たせていく。砂糖が完全に溶けきったところで、塩茹でにした空豆をその中に入れる。最後の一品の仕上げに使う分だけを残して、それ以外の空豆を全て小鍋に入れる。

「これなら少し保《も》つから、今日食べきれなくても大丈夫だしね。しばらくは食卓に出すよ」

「で、結局、それは何なの？　砂糖と空豆合わせて」

「空豆の甘煮だよ。エンドウ豆で作る『富貴豆』ってのを真似てみた」

「聞いたことないや」

「確か山形かどっかの名物じゃなかったっけ？」

ポケットからスマホを取り出し、陽平がスマホで検索をかける。

「ほら、これ」

スマホで出てきた画像を和樹に見せる。

「あー、何か食べたことあるわ」

「でしょ？」

「甘い空豆ってどんな感じになるかは想像つかないけど」

「たぶん美味《おい》しいと思うよ」

「たぶんって……、また陽平さんテキトーに作ってるでしょ？」

「まぁ、作ったことない料理なのは事実。大丈夫、何とかなるよ」

陽平が満面の笑みでピースサインを作る。

「さ、後は焦げないようにゆっくり煮詰めていくだけだから、少しほったらかしにしても大丈夫」

それから五分後——。

砂糖水は蜜状になり、ねっとりとした泡がふつふつと出てきている。

「そろそろ大丈夫かな」

小鍋の様子を見て、陽平は塩を少し加えた。木ベラで豆を潰さないように、鍋全体を混ぜていく。

「よし、これで完成！」

「ね、食べていい？」

何も言わず、陽平が小皿に二粒載せて差し出す。

「マジで歯溶けるから、冷まして食べろよ」

「はーい」

和樹が素直に息を吹きかけて豆を冷ましている。それをゆっくりと口に含む。和樹の様子を、陽平が笑いながら見ている。

「どうよ？」

「美味《うま》い！　ちゃんと甘いけど空豆の味がする！」

「そりゃよかった」

「おかわり！」

「はいはい」

陽平は呆《あき》れつつも小皿に再び甘煮を盛った。

十品目　「空豆ご飯」

「さ、これでとうとう最後だね」

「最後はご飯だっけ？」

「そう、空豆ご飯」

「まんまだね」

「ま、フツーにご飯炊いて塩茹での空豆混ぜるだけだからね」

「陽平さんがそれ言っちゃおしまいでしょ」

「だってそうなんだもん。まぁ一応、フツーの白ご飯じゃなくて、出汁《だし》で炊くけど」

「それで、さっき出汁多めに作ってたんだ」

和樹はようやく合点《がてん》がいったらしく、ボールに入った合わせ出汁を見る。

「そそ。すり流し作る時にね」

「そーゆーことだったんだね」

「和樹、ザルの洗い米取って」

陽平が顎で流しの隅を差し示す。

「はいはい。また俺は何か雑用させられるの？」

「もう大丈夫。後は俺だけで何とかなる」

「っしゃ。またこき使われるかと思ったよ」

和樹が軽くガッツポーズをする。

「お望みなら、別に手伝ってくれてもいいんだよ？」

「いや、丁重にお断りします」

「だと思ったよ」

ため息をつきながら、陽平は文化釜を調理台の下から出す。その中に洗い米を入れ、出汁を注ぎ、料理酒と醬油《しょうゆ》を入れて通常の炊飯時と同じ水加減にする。

「ホントは浸水させた方が美味しいんだけど、今日は時間がないからそのままで」

　そう言って陽平が弱火で釜を火にかける。

「ってかさ、いつも思うんだけど、何で炊飯器でご飯炊かないの？」

「え？　こっちの方が美味しいから」

「あと、空豆とご飯一緒に炊いちゃわないの？」

「空豆の色が悪くなるから」

「へー。ちゃんと全部理由があるんだ」

「そりゃそーでしょ。水じゃなくて出汁にしたのは、そっちの方がご飯と空豆の相性がいい気がしたから。白ご飯だと、空豆の青臭さが出ちゃう気がするんだよね」

「やっぱ陽平さんってスゴいね」

「そう思うなら、もう少し労《いたわ》ってくれてもいいんじゃない？　その……、一応……、彼氏なんだし」

　滅多に口にしない単語だけに、陽平は口に出したことに気恥ずかしさを覚えた。

「俺、充分陽平さんに優しくしてるつもりなんだけど？」

「まぁ、それは否定しないけど……」

「ならいいじゃん」

　陽平は和樹に上手《うま》く言い負かされた気がした。文化釜の横で、無言のまま飯に混ぜる空豆の甘皮をむいていく。

「ねぇねぇ、陽平さん怒ってる？」

「怒ってない！」

和樹が後ろから陽平の腰に手をまつわらせてくる。

「和樹……、仕事しにくいんだけど」

「いいじゃん、俺こうやって陽平さんが料理してんの見るの好きなんだもん」

陽平が振りほどこうとしても、和樹は一向に離れたがらない。ご飯が炊き上がったタイミングで、陽平はようやく和樹を力ずくで振りほどいた。

そのままご飯に空豆を混ぜ合わせ、少し蒸らしておく。その間に、これまで作った料理を皿に盛りつけていく。

五分ほど置いて、もう一度文化釜のフタを開けた。見た目は白米と大差ないが、出汁のいい香りが立ち上ってくる。

「はい、彼氏の特権」

「ありがと」

炊き立ての空豆ご飯で一口大に握られたおむすびを、和樹は大事そうに頬張る。

「どう？」

「空豆のほろ苦い味が活《い》きてる。でもご飯も味がしっかりしてて、青臭くない」

「生意気なことを……」

陽平が和樹の片頬をつねる。

「さ、つまみ食いはそこまでにしてご飯にするよー」

陽平が皿を食卓に運んでいく。

「はーい」

和樹が楽しげな顔で陽平の後に続く。

【第二章　鯛】

十一品目「鯛の昆布〆」

とある休日の昼下がり。

まな板からはみ出さんばかりに載った一匹の大鯛《おおだい》を前にして、陽平《ようへい》と和樹《かずき》が言い争いをしていた。

「あのさ、料理作ってくれるのは嬉《うれ》しいんだけどさ、こんなデカい鯛一体どーすんのよ？」

目の前の鯛は、一抱えはあろうかという大きさである。

「え、いや、何と言いますか……、この子と市場で目が合いまして……」

「はぁ？」

「声が聞こえた気がしたのよ」

「はい？」

「いやー、何か俺のこと呼んでくれてる気がしてさ」

「そんなわけないでしょうよ。捨て猫じゃあるまいし」

和樹が大きなため息をつく。

「どうよ？　この澄んだ目見た？」

「まぁ、さぞかし活きがいいんだろうな、とは思うけど」

「でしょ？　でしょ？　朝揚がったものをその場で締めてもらったんだ」

先ほどから陽平はずっと上機嫌である。

「てか、それを食べようとするって、陽平さんも中々歪んでるよね」

「いやー、愛おしいからこそ、余すとこなく食べてあげたくなるってもんじゃない？」

「うっわ、おっも……」

和樹が本気でドン引きする。

「えー、そんなことないよー」

「で、いくらしたの？」

「ん？」

陽平はわざと聞こえないフリをする。

「この鯛、いくらで買ったの？」

和樹は追及の手を緩めない。銭勘定になると、とにかく口うるさい性格なのだ。

「それはまぁ……、それはそれということで」

「い・く・ら・し・た・の？」

和樹が語気を強める。その横で、陽平が小さくなっている。普段の年上らしい威厳などは微塵《みじん》もない。

「まぁ、それはそれということで……」

「ちょっと、まだ俺の話終わってないんだけど？」

「さー、また鯛で十品作るよ！」

「話をそらすな……、って、またあれやるの？」

「うん」

「この間空豆でやったばっかじゃん」

「あれで小説書いてみて調子よかったから、この鯛でまた十品作ろうと思ってね」

「ホントよーやるわ。十品って、何か意味あるの？」

「昔の料理本のジャンルで、『百珍物《ひゃくちんもの》』っていう一つの食材で百通りの料理を作る料理本があって。例えば豆腐を使った百珍物なら、豆腐料理が百品載ってるの」

「へぇー」

「豆腐以外にも、鯛もあるし、卵とか大根とかの本もあるんだ。百品は無理だけど、それに倣って、色んな食材で十品作ってみようかなぁって」

「えー、それ絶対俺巻き込まれるヤツじゃんー」

「その代わりに美味《うま》い料理食べさせてやるからさ……。まずはこの鯛捌《さば》いてくよ。和樹、新聞紙出して」

「新聞紙？　料理するんでしょ？」

「いーから。玄関に積んである山から一部持ってきて」

陽平に急き立てられて、和樹が台所に新聞紙を持ってくる。それを陽平が受け取り、流しの中に隙間なく敷き詰める。

「一体何始めんの？」

「鯛の鱗《うろこ》取るの。こうすればそんなに飛び散らなくて済むから」

「へぇー」

陽平が鯛をまな板ごと新聞紙の上に置き、金属製の鱗取りで鱗を取っていく。

「それ初めて見たわ」

「あぁ、これのこと？」

陽平が鱗取りをちょっと持ち上げる。

「鱗取りって言うんだよ」

「へぇー。何かアイスすくうやつみたいだね」

「まぁ、遠目から見れば似てなくもないか」

陽平は鯛をひっくり返し、反対側も鱗を取っていく。鱗取りを出刃に持ち替え、背びれを取り、腹びれの根本から刃を入れる。胸びれを持ち上げ、背中側まで刃を入れていく。身をひっくり返し、反対側も同様にすると、刃元に思いっきり力をこめて背骨を切り落とした。そのまま頭を引っ張ると、するするとワタと一緒に頭が身から離れた。

「うわぁー、気持ち悪い」

「んなこと言うなって。後でこれも使うんだから」

切り離した頭とワタを、陽平はボールに入れる。

そのまま尻尾の方から腹を割き、ササラを使って、水を張ったボールの中でワタをこそげ出していく。ササラを見たことがない和樹がすかさず陽平に質問してくる。

「そのホウキみたいのは？」

「ササラ。竹を細く割ったのを束ねたやつ」

集中している陽平は言葉少なに答える。

腹の中を洗い終えると、陽平は身の頭の方から包丁を入れ、背骨に沿って尻尾の方に向かって刃を入れていく。切り終えると、鯛の向きを変え、今度は尻尾の方から背骨に沿って包丁を入れる。陽平の持つ刃の動きには迷いがない。あっという間に半身が鮮やかに骨から外され、裏側に残ったもう一方の身にも刃を入れていく。

真剣な目つきで鯛を捌いていく陽平を、和樹が感心した顔つきで見ている。ものの数分で、陽平の手によって大きな鯛は綺麗《きれい》な三枚下ろしにされた。

「お見事！」

思わず和樹が拍手をする。

「いやー、それほどでもあるけどね」

それにつられて陽平もキメ顔をする。

「さ、最初は昆布〆にするから、和樹は昆布出しといて」

「はーい」

「昆布出したら、固絞りにした布巾で表面拭いておいてね。それから、表面に酒を少しかけて湿らせて、バットの上に置いといて」

「お酒？」

「うん、料理用の日本酒」

「オッケー」

陽平に日々こき使われたおかげで、和樹も軽い下ごしらえぐらいならこなせるようになりつつある。

和樹に指示を出し、陽平は骨から外した身を柵取りしていく。出刃から包丁を持ち替え、腹骨をすき、半身をさらに背側と腹側に半分に切り分ける。血合い骨も取り除き、切り分けた柵の皮目を下にして皮を引いていく。

「昆布準備できたよー」

「………………」

真剣に皮を引いている陽平は何も答えない。陽平が皮を引き終え、身をひっくり返すと、白身に鮮やかな赤いV字が並んだ見慣れた鯛の柵が姿を現した。

「おぉ、いつもスーパーで見てる切り身だ」

「そう簡単に言うけど、これ結構大変なんだよ」

「へぇー」

「ムカつくから後で和樹にも一回やらせるわ」

「えぇぇー、陽平さんヒドイー」

和樹の困り顔を横目に見ながら、陽平は皮引きした柵を平造りに引いていく。身が崩れないよう、一回で手早く引き切るような感覚で包丁を動かしていく。

「うわぁー、ちゃんとよく見る刺身じゃん」

「刺身作ってるんだから、そりゃそーでしょ」

切り終えた身を、和樹に用意させた昆布の上に重ならないように並べ、上からも昆布をかぶせる。

「これで重しをして、冷蔵庫入れればおしまい」

「どれぐらい置くの?」

和樹が陽平から渡されたバットを受け取る。

「一時間も置けば食べれないことはないけど、四から五時間ぐらい寝かした方が美味《おい》しいよ」

「えー、そんなに待つの?」

「すぐ味見できると思ったんでしょ?」

「うん」

「残念。今回はお預け」

「犬みたいな言い方しないでよ」

和樹が口をへの字に曲げる。

「さ、その間に他の料理作っちゃうよ」

「はーい」

和樹が昆布〆の載ったバットを冷蔵庫にしまい、二人はまた次なる料理の支度を始めるのだった。

十二品目「鯛皮の湯引きポン酢」

「ねぇ、陽平さん、これ捨てていいの？」

そう言って、和樹が鯛の皮をつまみ上げる。先ほど刺身を引く時に出た皮を、陽平がまな板の端に置いてあったのだ。

「ダメ！」

生ごみ入れに入れようとするのを、咄嗟《とっさ》に陽平が止める。

「え？　何でよ。これゴミじゃないの？」

「それが、次の料理の食材」

「は？」

和樹がポカンと首を傾《かし》げる。

「その鯛の皮使って、次の料理作るの」

「陽平さん、それマジで言ってる？」

和樹はまだ半信半疑といった感じだ。

「それだけじゃまだ皮足りないから、他の柵も皮引いちゃおう。和樹、一本やってみなよ」

「えー、俺にできるかなぁ？」

「大丈夫。俺がちゃんと教えるから」

陽平が和樹に強引に包丁を握らせる。

「いつも使ってる包丁より重いと思うから、気をつけて」

「うわっ、少しずしっとくるね。それに長い」

「柳包丁って言って、刺身を引く専用の包丁。一回で引き切れるように、刃渡りが長くなってんの」

「へぇー」

「それに、片刃だからほら、いつもの包丁と違って刃の断面が斜めに尖《とが》ってるでしょ？」

「ホントだー」

「じゃ、始めるよ。刃が左向くように包丁握って」

「うん。分かった」

「親指を刃の側面に添える感じで、人差し指は峰に添える感じ。その他の指で柄のとこ握って」

「『みね』ってどこ？」

「包丁の刃と逆側の上のとこ」

「こ、こんな感じ……？」

ぎこちなく和樹が包丁を構える。

「そう。合ってる」

「この後どうすればいいの？」

「目の前の切り身で、どっちが尻尾側かは分かるよな？」

和樹の横から、陽平が鯛《たい》の柵を指差す。

「うん、細くなってる方がそうだよね？」

「正解。そっち側から頭の方に向かって皮をはがしていくの」

「ホントに俺にできんの？」

「少し尻尾の方の皮に切れ込みが入ってるの分かるか？」

和樹にやらせる用に、陽平が予《あらかじ》め切れ込みを入れておいたのだ。

「う、うん」

「その切れ込みに包丁入れてみて」

「わ、分かった。次はどーすればいいの？」

「皮がたるまないように左手で持ちながら、包丁で皮をはがしていくって感覚かな」

「え、ちょっと待って？　訳分かんなくなってきたんだけど」

慣れないことに和樹が少し動揺している。その姿を見ながら陽平が楽しげに笑う。

「とりあえず、包丁を持ってるね？」

「うん」

「包丁を刃先をまな板にこすりつけるような感覚で、親指と人差し指に力入れてみて」

「こんな感じ？」

「そう。力入れすぎると皮切れちゃうから気をつけてね」

「分かった」

「それで、皮の端っこをキッチンペーパーで摑《つか》みながら、ジグザグ皮を引っ張って進めていく感じ。包丁はあまり動かさなくて大丈夫」

「こ、これで合ってる……？」

「そう。上手。なるべく皮に身が残らないようにね」

皮を引く和樹の背後に陽平が立ち、ぎこちない和樹の手助けをする。が、和樹の方が背が高いので、陽平は和樹の脇からちょこっと顔を出す感じで和樹の手元を見ている。

「えー、やっぱ上手《うま》くいかないよ」

「大丈夫だって」

その時、和樹が引いていた皮がプツリと切れた。

「あっ、」

「やっぱやっちゃったかぁー」

陽平が苦笑する。失敗して和樹が少し拗《す》ねている。

「やっぱ俺にはムリだったんだよー」

「はいはい、お疲れさん。後は俺がやるから」

和樹から包丁を受け取り、陽平が柵の反対側から再び皮を引き始める。

「はい、できた」

そう言って陽平が柵の表裏をひっくり返す。柵の半分辺りで、くっきりと赤いV字の模様が消えていた。

「いやー、やっぱ陽平さんには敵《かな》わないわ」

「理想は、赤い模様に加えて銀皮まで残すことなんだけどね」

「ぎんがわ？」

「表面に銀色のまだら模様が少し残ってるでしょ」

「あー」

「さ、これを湯引きにしてポン酢で和《あ》えるよ」

そう言って陽平は鯛の皮に塩と酒を揉《も》みこみ、それを煮えたぎった湯の中に入れる。

三十秒ほどですぐに取り出し、氷水の入ったボールの中で完全に冷ます。皮が完全に冷めてから流水でぬめりや残っていた鱗《うろこ》などを洗い流し、それを細切りにしていく。

「はい、和樹頑張ったから先に少し味見していいよ。ポン酢かけてね」

細切りにした鯛の皮を少し小皿に盛り、それを和樹に手渡す。

「へぇー。コリコリしてて、鯛の皮ってこんな感じなんだね。美味《うま》い」

食べたことのない食材に、和樹は興味深げな顔で口を動かしている。

十三品目　「鯛の松皮造り」

「じゃ、次はちょっと変わったお刺身にしよっか」

「昆布〆とは別にまた作るの？」

「皮を残したまま刺身にする方法もあるんだよ。皮、さっき食べて美味しかったでしょ？」

「うん」

「だから、その皮を活《い》かして刺身にしようって訳」

「へぇー」

「さ、これはそんな難しい作業ないから、さっさと作っちゃうよ」

ポンと一回手を叩《たた》き、陽平は作業を始める。湯引きを作るのに使ったものを片づけ、水を入れたやかんを火にかける。

「和樹、さっき使った氷水のボール、中の水捨ててもう一回氷水作ってくれる？」

「えー、また手伝うのー？」

皮引きに失敗してから、和樹はちょっとご機嫌斜めだ。

「そんなにこき使わないから」

「じゃぁ、これ手伝うだけだよ」

和樹がしぶしぶ動き出す。ボールに入っていた水を捨て、氷水を張る。

その横で、陽平は皮を残したままにしておいた鯛の柵を竹の盆ザルに置き、皮目の方に塩を振っていく。その上からさらしをかけ、それを流しに斜めに立てかける。

「和樹、お湯沸いてる？」

「うん。もう沸くー」

「よーし、こっからは時間勝負だから、和樹はどっか避《よ》けてて」

「はーい」

陽平がやかんを持ち、熱湯をさらしの上から鯛の柵にまんべんなく回しかけていく。鯛の身が少し反り返ったところで、身に熱が通り過ぎないよう、すぐさまそれを氷水に取る。

「何かさっきの湯引きと似てるね」

遠巻きに陽平の作業を見ていた和樹が口を挟む。

「まぁ、確かにそうかもね。こうすることで鯛の生臭さが取れるのよ」

「へぇー」

「この作業のことを『霜降り』って言うの」

「牛肉のヤツじゃなくて？」

「それとは別物」

陽平が氷水の中から柵を取り出し、キッチンペーパーで水気を拭う。

「んで、これを刺身にしたものを『霜降り造り』とか言うの」

「あのさ、一つ気になってたんだけどさ、」

「ん？」

陽平が背後に立つ和樹の方を向く。

「お刺身のこと『お造り』とも言うじゃん？　あれって何で？」

「あーそれはねぇ、『身を刺す』ってのが縁起が悪いからってことで、別の言葉で言い換えたんだよ」

「そうなんだ」

「ほら、すり鉢のこと『あたりばち』って言ったり、験を担ぐみたいなものなんじゃないのかな？　あと、お茶の席なんかだと、お膳の一番奥に刺身置くから『向付《むこうづけ》』とも言うよね」

「さすが陽平さん、やっぱ物知りだよねー」

和樹に褒められて、陽平は上機嫌になる。

「まだまだ話せることあるけど、聞く？」

「いや、聞かない。ってか、俺にはたぶん理解できないと思う」

「ま、そうだよね……」

陽平が少ししょげた顔をし、刺身を引いていく。包丁で柵に対して横向きに数本切れ込みを入れ、その後で柵を少し厚めの平造りに引く。

「和樹、ちょっと見てごらん？」

「ん？」

和樹が陽平の脇から顔を出す。

「こうやって真ん中に切れ込みを入れる切り方をするのが、松皮造り。霜降りにした鯛はこの切り方にすることが多いの。ほら、皮目が松の樹皮に似てない？」

「まぁ、確かに……」

和樹が微妙な顔をする。

「『あんまり似てないだろ』って思ってんだろ？」

「というより、松の樹《き》をしっかり見たことない」

「マジか。ま、とりあえず一枚食べてみ？」

まな板の上に和樹が手を伸ばし、刺身を一枚つまむ。そのままモグモグと口を動かす。

「どうよ？」

「……醤油《しょうゆ》が欲しい」

「そこ？」

予想の斜め上の答えに陽平は困惑する。

「味薄いけど、皮の方噛《か》むとちょっと歯応えあって、旨味《うまみ》が出てくるね」

「でしょでしょ？　皮が口に残りすぎないように、こういう切り方してんの」

「へぇー、ちゃんと意味があるんだね」

和樹はどこからか醤油を持ち出してきて、また一枚、醤油をつけて刺身を食べる。

「うん！　やっぱり刺身はこうでないと」

和樹が満足げな表情を浮かべた。

十四品目　「鯛のあら煮」

「じゃぁ、次はこれ使おっか」

そう言って陽平がボールに入れてあった鯛の頭《あたま》を指差す。

「これってどうやって食べんの？」

「あら煮にする。和樹、冷蔵庫に牛蒡《ごぼう》入ってたでしょ」

和樹が冷蔵庫の下の段を開ける。

「うん、入ってるよー」

「じゃぁ、牛蒡二本出しといて」

「はーい」

和樹が素直に牛蒡を流しに置く。少し悪かった機嫌も、刺身を食べさせてもらえたことですっかり元通りになっている。

陽平が鍋に水を入れ、それを火にかける。鍋の水が沸くまでの間、その横の調理台で陽平は鯛《たい》の頭に包丁を入れていく。口の所から包丁を差し入れ、刃に思いっきり力をこめて頭を真っ二つに割る。

「うわぁー、結構グロテスクな光景だねー」

横で見ていた和樹が思わずそうこぼす。

「何言ってんの。捨てるぐらいなら美味《おい》しく食べてあげないと」

おどけた仕草で、陽平が真っ二つに割った片割れを和樹に近づける。

「ほら、この子も『食べてほしいー』って言ってるでしょ？」

「いやいや、そんな訳ないから！　まっっじで俺そーゆーグロイの苦手なの知ってるでしょ？」

思わず和樹が後ずさりする。その様子が面白くて、陽平はさらにけしかける。

「ほらほらー、この子の澄んだ目をちゃんと見てあげなよ。何か訴えてきそうじゃない？」

「やーめーて！　マジで今夜の夢に鯛が出てくる」

「『ボクのこと食べたい？』って、訊《き》いてきそうじゃない？　鯛だけに『食べ鯛？』……、なんちゃって」

「いやいやいや、こんな時にそんなダジャレ言われてもちっとも笑えないから。それに、もうお湯沸いてるよ」

陽平の注意を逸《そ》らそうと、和樹が必死な表情で鍋の方を指差す。

「あ、ホントだ。頭霜降りにしないと」

そう言って陽平がまた作業を始める姿を見て、和樹はホッと胸をなでおろした。

陽平は鯛の頭をザルに入れ、少し冷ました湯をそれに回しかけていく。表面が白っぽくなったところで手を止め、流水で表面についた血合いや鱗を丁寧に洗い流していく。こうすることで、血合いや鱗だけでなく生臭さも抜くことができるのだ。

鯛の下処理を終えると、今度は包丁の背で牛蒡の皮をむき、それを数センチの長さに切りそろえていく。陽平はまた別の鍋に酒と水を入れ、鯛の頭と牛蒡を先に入れた状態で鍋を火にかけた。鯛の持ち味を損なわないように手早く仕上げるため、煮汁の量は控えめにしてある。

陽平はそのまま横の調理台で手早く生姜《しょうが》を千切りにし、半量を鍋に入れた。残りの半量は、仕上げに天盛りにするために残しておく。

しばらくして浮いてきたアクをすくい取ると、砂糖、味醂《みりん》の順に加えていき、アルミホイルで落としブタをする。

火を少し弱め、そのまま煮含めていく。

それから十分後——。

陽平は落としブタを取り、鍋に醤油を回し入れた。

「うわぁ、もうこの時点で美味そう！」

和樹が無邪気に歓声を上げる。

「まだ美味しくないよー」

「えぇー、もうお腹空《なか》いたんだけど」

「ハイハイ。分かったから」

陽平はそのまま煮汁を詰めていき、最後に照りを出すために味醂を一回しだけ入れた。煮汁から立つ泡が、次第に粘り気を帯びてくる。なるべく身を崩さぬよう、陽平は鍋をゆすってその煮汁をまんべんなく行き渡らせていく。

「はい、これで完成！　仕上げに生姜の千切り載っけたら完璧」

「ねぇねぇ、陽平さん」

和樹が犬みたいな顔をしている。陽平の目には、本当にちぎれんばかりに振る尻尾と耳が見えた気がした。

「ハイハイ味見でしょ？」

陽平は煮ている過程で欠けてしまった小さな身と牛蒡を一本、小皿に載せてやる。

「やった！」

「まだ熱いから……」

陽平が言い終わらぬ内に、和樹はもうあら煮を頬張っている。

「……どう？」

「濃いめの甘辛い味で美味しいよ。骨多いけど、中の身はちゃんと白身魚の味がする！」

「白身魚って……。牛蒡は固くない？」

「大丈夫。陽平さん、おかわりちょうだい！」

和樹が陽平に小皿を突き出す。その小皿を持つ手を、陽平がぺちっとたたいた。

十五品目「鯛の幽庵焼き風」

「おい、つまみ食いすんなよ！」

陽平が目を離した隙にあら煮の鍋に手を伸ばそうとした和樹を、陽平が叱りつける。

「えへへ、バレちゃったかぁ……」

和樹がポリポリと頭をかく。

「罰として、和樹にも作業手伝ってもらうからね」

「えぇー」

「とりあえず、お米三合研いどいて！」

「ハイハイ、分かりましたよ……」

こうなっては自分に勝ち目がないことをよく理解しているので、和樹はしぶしぶながらも陽平の言いつけに従う。

「で、次は何作るの？」

「次はねぇ、焼き物にしようかな。鯛の幽庵《ゆうあん》焼き」

「ゆーあんやき？」

流しで米を研ぎながら、和樹が訊き返す。数分前に陽平に叱られて、まだ少し拗《す》ねている。

「味醂とか醤油に漬けて焼いたもの。正式には柚子《ゆず》使わなきゃいけないし、少し長めに漬け込んで作るものなんだけどね」

「ふーん」

「今は柚子の時季じゃないから、代わりにレモンで。鯛ならそんな漬け込まなくても美味しいから、今日は三十分だけ。だから、『幽庵焼き風』かな？」

「何か空豆の時もそんなこと言ってなかったっけ？」

「あーそーだったかも」

「相変わらず、陽平さんいい加減だなぁ……」

「いいのいいの。なるべく無理ない範囲で、美味しく作れればいいの」

「そう言いながら魚捌《さば》いてるんだから、矛盾してるんだよなぁ……」

「それはまぁ、あの鯛さんにナンパされちゃったからしょうがないね」

陽平がケロリとした調子で言う。

「それで何でもかんでも買ってこないでよ？」

「気をつけます……」

「てかさ、ナンパされた鯛をバラして食べるなんて、陽平さんも中々やってることがヤバいよね」

「人聞きの悪い言い方しないでよ……。だってそれが、俺ができる一番の愛情表現じゃん？」

陽平が満面の笑みを浮かべる。

「うっわ……。やっぱ陽平さんって時々ゾッとするようなことやるよね」

「そんなことないでしょ」

「頼むから、俺にそれを向けないでよ」

「ふふふ、それは、和樹の行い次第かなぁー？」

陽平が不気味に笑う。笑いながら、鯛の切り身が載ったバットを手に取った。鯛の切り身には前もって塩をあててある。塩をあてて二十分ほど置くと、浸透圧で、水分と一緒に余分な臭みが抜けていくのだ。

陽平はバッドから切り身を取り、一枚ずつ塩を洗い流していく。

「ちょっと陽平さん、俺次第ってどーゆーことよ？」

「だってー、和樹は料理つまみ食いしたりするじゃん」

「うっ……」

ここぞとばかりに陽平がさらに言葉を継ぐ。

「俺が好きなのは、素直でイタズラしない和樹君なんだけどなー」

「ううぅ……」

これでしばらくは大人しくなるだろう。和樹には丁度いい薬だと、陽平は心の中で一人笑っていた。案の定、和樹はぐうの音も出ないと言った顔をしている。

「陽平さん、俺が悪かったから……」

「ハイハイ。少しからかっただけだから」

「なーんだ」

「いやー、やっぱ和樹は単純だから、からかい甲斐《がい》があるよね」

「いくら俺が単純だからって、俺で遊ばないでよ」

最後の一言がいけなかったのだろう、和樹は頬を膨らませ、そのままプイッと台所から出ていってしまった。

こうなっては、もう和樹の気の済むようにさせるしかない。ちょっとやり過ぎたかなぁ、と考えながら、陽平はまた続きに取りかかる。

塩を落とした切り身の水気をキッチンペーパーで拭き取り、ボールで漬け汁を作っていく。酒、味醂、醤油《しょうゆ》をボールに入れ、柚子の代わりにレモンの薄切りを何枚か入れる。この幽庵地と呼ばれる漬け汁に、切り身を漬け込んでいくのだ。

そのままそれを冷蔵庫に入れ、陽平は別の料理の支度を始めた。

それから三十分後――。

冷蔵庫からボールを取り出し、陽平は中の切り身の漬かり具合を見た。白っぽかった切り身が、ほんのりとべっ甲色に染まっている。それを地から上げ、火をつけた魚焼きグリルに入れていく。表面の地が乾いたらまた地を塗り重ね、それを何回も繰り返しながら焼いていくのだ。こうすることで、味がしっかりつき、味醂のおかげで表面に食欲をそそる綺麗《きれい》な照りが出てくるのである。

徐々に台所にレモンの爽やかな香りと地の甘辛い香りが広がってくる。それに釣られて、どこかにいっていた和樹が台所に戻ってきた。

「あれ、もう機嫌直ったの？」

「まだ陽平さんのこと、許した訳じゃないからね！」

どうやらまだ完全に機嫌が直った訳ではないらしい。だが、陽平はこういう時の和樹の扱い方を心得ている。

「まぁまぁそう怒らずに。ささ、一枚焼きたて食べてみなよ」

陽平はあえて下手に出て、和樹の前に焼き上がった幽庵焼きの載った小皿を置く。

「食べ物で解決しようとしないでよ！」

「じゃぁ、これいらない？」

「いや、食べるけども……」

陽平が下げようとした皿を、和樹がひったくるようにして取る。

そのまま和樹は切り身に箸をつけ、火傷《やけど》しないようゆっくりと口に運ぶ。ここまでくれば、もう陽平の思い通りだ。内心ほくそ笑みながら、陽平は数秒後に和樹が言うであろう台詞《せりふ》を予想していた。

「う、美味《うま》い！」

和樹の声が、台所一杯に響き渡った。

十六品目「鯛の天ぷら」

「ちょっと柑橘《かんきつ》系の香りもして、皮もパリパリで……、やっぱ陽平さんの料理って何食べても美味いね！」

陽平にもう一枚《いちまい》幽庵焼きをもらい、和樹が美味《おい》しそうにそれを頬張っている。

「さっきまで拗ねてたのに、匂いに釣られて戻ってきちゃったもんねぇー」

「それはまぁ、それということで……」

「もう機嫌直ったの？」

「うん……、鯛《たい》食べたら、もういいかな、って……」

「ホントお前って、食べ物に釣られるよな。まぁ、そのお蔭《かげ》で、こっちも助かってますけど」

「人の弱みにつけこむなんて卑怯《ひきょう》だよ！」

「まぁまぁそう怒らずに……」

和樹をなだめつつ、陽平は次の料理の支度を始める。

「次はねぇ、鯛の天ぷらにしようかなぁ」

陽平はボールに薄力粉を入れ、そこに卵を割り入れてぐるぐると混ぜ合わせていく。

「お、天ぷら。いいねぇ、酒に合いそう」

「また酒か？　あ、言っとくけど、今日は夕飯まで飲ませないからな！」

「えーケチ」

和樹の抗議を無視して、陽平が先ほどのボールに冷水を入れ、天衣を作っていく。油の入った小鍋を火にかけると、陽平は鯛の切り身に薄力粉を薄くまぶしていく。粉をまとわせた切り身を天衣のボールにくぐらせる。

「ねぇ、一個雑学語っていい？」

「何？　陽平さん急にどーしたの？」

話しながら、陽平が油の中に切り身を入れていく。油の中からは、ジューっという美味しそうな音がしてくる。

「えっ……」

「徳川家康《とくがわいえやす》って……、鯛の天ぷら食べた後亡くなったって知ってた？」

和樹の動きがピタリと止まる。

「……鯛の天ぷらって、食べたら死ぬの⁉」

「んなわけないでしょ！」

持っていた菜箸を放り投げ、陽平は腹を抱えて笑い転げている。

「え、でも……」

「これは半分ホントで半分嘘《うそ》。亡くなる前に鯛の天ぷら食べたのは事実だけど、直接の原因は胃ガンって言われてるし」

「なんだぁ、驚かせないでよー。それに陽平さん、笑い過ぎ」

「いや、あまりに真に受けてるからさー」

「いやさ、嘘だとちょっと思ったんだけど、陽平さんマジの顔で言うんだもん」

「ゴメンゴメン。じゃぁ、お詫《わ》びにもう一個だけ雑学」

「怖いのはヤダよ。てか、どこがお詫びなの？」

陽平は和樹のツッコミを華麗にスルーする。

「今度のは美味しい雑学の話だよー」

「まぁ、それなら……」

「天ぷらの衣にマヨネーズを少し入れると、天ぷらがサクサクになるって知ってた？」

「え、そうなの？」

「そう。時間が経《た》ってもサクサクのままなの。炭酸水とかもいいって聞くよね」

「へぇー」

陽平が天ぷらの表裏を返す。

「和樹、そこのお皿にキッチンペーパー敷いて」

「はーい」

言われた通り、和樹がお皿にキッチンペーパーを敷く。

「とりあえずそこに揚がったの置いてくから、お皿持ってて」

「はーい」

皿の上に、陽平が揚げ上がった鯛の天ぷらを置いていく。

「ねぇねぇ、陽平さん、」

「食べたいんでしょ？」

「うん！」

「ま、これ味見用に揚げたやつだしね……」

和樹の顔を見て、エサを前にした犬のようだと陽平は思った。和樹の持つ皿に、陽平が揚げたての天ぷらを一個置く。

「はい、どーぞ。熱いから気をつけて……」

ガブッ。

陽平の注意を聞く前に、和樹は思いっきり鯛の天ぷらにかぶりついていた。

「あっっつ!!」

「だからそう言おうとしたのに……。この間それで痛い目見たばっかでしょ」

「あー、口の中火傷したー」

「どう？　美味かった？」

「うん。ホクホクしてて美味い」

「味つけしなくても美味しいでしょ？」

「うん。でも俺は塩か天つゆが欲しい！」

「ホントに濃い味好きだよな……」

「でも、陽平さんの料理食べ始めてから、薄味も好きになったよ」

お世辞だろうとは思いつつも、思わず陽平の頬がゆるむ。

「はい、これがマヨネーズ入れて作ったやつ」

和樹の持つ皿に、陽平がもう一個天ぷらを置く。和樹がそれにゆっくりと箸を伸ばし、息を吹きかけて冷ましてから一口かじった。

「違い、分かる？」

「全然わかんない！」

「まぁ、やっぱそーだよねー。実際味に大きな違いが出る訳じゃないし」

陽平が半ば投げやりな感じで豪快に笑った。

十七品目「鯛の肝と真子の含め煮」

「さ、そろそろこれも使っちゃおっか」

陽平が調理台の隅に置いたボールを指差す。中には鯛を捌《さば》いた時に出たワタが入っている。陽平はその中から淡い黄色の塊を掴《つか》む。

「それは？」

「これは、真子《まこ》」

「まこ？」

「鯛の卵のこと」

「あ、この鯛ってメスだったんだね」

「そうだよ。それがどうかした？」

「いや、陽平さんがナンパされたって言ってたから、てっきりオスの鯛だとばかり……」

「お前なぁ、」

陽平の照れる顔を和樹がニヤニヤしながら見ている。

「ま、真面目な話、俺白子苦手なんだよ。それでメスの鯛買ってきたの」

「何だ、ナンパでも何でもないじゃん！」

「そうだよ」

「陽平さんの嘘《うそ》つき」

「いや、俺がこんなんってお前よく知ってるだろ？　第一、鯛がホントに喋《しゃべ》る訳がないだろ」

「まぁ、そうだけども……」

「それに、俺がナンパに乗るのはさすがにアウトだろ」

「何が？」

「何がって、そりゃ……」

恥ずかしさで陽平が口ごもる。

「えー、ナニナニー？」

さっきの仕返しをするつもりなのだろう、和樹が悪い顔をしている。

「ねぇねぇ、教えてよー」

「え、だって……、お前いんのに、他の男のナンパ乗るのはマズいだろ」

陽平の言葉に、和樹はまんざらでもない様子だ。

「いやー、さすがの俺でも鯛にまで嫉妬はしないよー」

「お前、結構独占欲強いからな」

「えーそんなことないでしょ」

「そんなことあるだろ」

「それはー、だってぇー、陽平さんかわいいんだからしょうがないじゃーん」

「あんまりバカなこと言ってると刺すよ」

陽平が手に持っていた金串を和樹に向ける。

「陽平さん、こわーい」

「お前はどっか行っとけ！」

陽平はその金串で真子の表面にある太い血管を取り除いていく。それが済んだら真子を適当な大きさに切り分ける。

「肝も使っちゃおっか」

そう言って陽平はボールの中に入っていた残りのワタにも手を伸ばす。苦玉を潰さないように取り除き、腸は包丁の背でこそいで掃除し、胃も掃除をして適当な大きさに切り分ける。肝臓も一口大に切り分ける。ワタの下処理が全て済むと、鍋に沸かした湯に塩と酒を加え、腸と胃をサッと湯がいて臭みを抜いていく。

「こっから真子をなるべく崩さないように煮るのが、また大変なのよ。ま、今日はあんま気にしないけどね」

「お腹《なか》に入っちゃえば一緒だもんね」

「それ言われると、今俺がしてるの全部ムダになるんだけど？」

「ごめんって」

陽平が不機嫌そうに空の鍋をコンロに置く。鍋の中に出し汁を注ぎ、酒と醬油《しょうゆ》、味醂《みりん》と砂糖を合わせて煮汁を作っていく。そこに真子や肝類を全て入れ、汁が冷たい状態から火にかける。真子が崩れないよう、陽平はあまり鍋をグラグラと沸かせないように注意しながら、煮汁を真子や肝に絡めていく。煮過ぎると食感や味が落ちるので、肝や真子を調理する時は少なめの煮汁で短時間で仕上げなければならない。陽平は火加減に気をつけながら、絶えず手を動かしている。

「さ、出来たよ」

ものの十分ほどで仕上げ、真子を崩さないように皿に盛っていく。

「さ、好きな部位味見しな」

陽平が和樹に箸を手渡す。

「じゃぁ、せっかくだから真子食べてみようかな……」

和樹が恐る恐る真子の含め煮を口に運ぶ。

「どうよ？　真子食べるの初めてでしょ？」

「……うん。味の薄いタラコ」

和樹の感想に陽平は思わずコケそうになる。

「もっと他にないの？」

「だって本当にそうなんだもん！」

「他も味見してみて」

少し苛立《いらだ》ちながら、陽平は和樹に他の部位をすすめる。促されて、和樹が他の部位も味見をする。

「どう?」

「肝臓はクセのある白子みたい。他はコリコリしててあんま味しない」

陽平が肩を落とす。

「ま、まぁ、肝臓は少し味をなじませた方が美味《おい》しいからね……」

「あ、全然不味いわけじゃなくて、どれも美味しいよ!」

「あ、ありがとう…」

無邪気な和樹の言葉に、陽平は苦笑した。

十八品目 「鯛の潮汁」

「あと残り三品かぁー」

「そうだね」

陽平がまな板で三つ葉を刻みながら答える。

「陽平さんのことだから、もう残りの三品も何作るか決めてるんでしょ?」

「まぁね。次は汁物にする」

「なに作んの?」

和樹が興味深げに陽平の手元を覗《のぞ》きこむ。

「潮汁《うしおじる》」

「何それ？」

「蛤《はまぐり》の潮汁とか、聞いたことない？」

「ない」

「まぁ、早い話が吸い物だよね」

「そう言われれば、何となく分かるかも。味噌《みそ》とか入れない透明なヤツでしょ？」

「まぁ、ほぼ合ってる……。潮汁ってのは、出し汁を使わずに魚や貝を水から煮て、その旨味《うまみ》を出汁《だし》の代わりにする汁物のこと。大昔は海水使ってたとも聞くけど、本当かどうかは知らない」

「よくもまぁ、そんな難しい話がすらすらと出てくるもんだね」

「ま、年の功ってやつですよ。和樹よりも長く生きてるからね」

陽平が背をぐっと反らす真似《まね》をしてドヤ顔をする。

「言っても陽平さん、俺と四つも違わないでしょ？」

「うっ……」

「それに、理系の知識と運動神経なら、俺ヨユーで陽平さんに勝てるよ？」

「そうやってすぐ俺に張り合おうとするから、お前はいつまでもガキなんだよ」

「え？　陽平さんも同じこと俺にしてきたばっかじゃん」

「ま、それはそれ、これはこれということで……」

旗色が悪くなった陽平はそそくさと潮汁の支度を始めた。

小鍋を用意し、その中にボールに入った半透明の液体を加えていく。

「それ何？」

「これはねぇ、鯛《たい》の骨から取った出汁。捌いた時に背骨あったでしょ？　あれを霜降りにしてから鍋で煮て出汁取ってたの。ホントはあら汁でもよかったんだけどね」

「俺が見てない間にそんなことしてたの？」

「ちょうど君がいじけてどっか行ってた時のことでーす」

「『いじけて』って、あれは元々陽平さんが……」

「ハイハイ。あれは俺が悪かったたって」

再び噴火しそうになる和樹を陽平が両手で制する。

「鯛の切り身取ってくれる？」

「分かった」

陽平はそれを受け取り、水を足して濃さを加減した汁の中に入れた。この状態から切り身を入れて火にかけていき、少し置いて酒を加え、沸騰して浮いてきたアクを丁寧に取り除く。アクを大方取りきったところで、陽平は一口味見をした。舌に全神経を集中させ、汁を舌に乗せてゆっくりと転がしていく。

「陽平さんてさ、」

「ん？」

「味見する時、キリンが食事するみたいに口もごもご動かすよね」

和樹の言葉に陽平が爆笑する。

「お前、たまに面白いこと言うよな」

「そんなことないでしょ」

「あれは、口の中全体を舌と唾液でキレイにして、正確に味が見れるようにしてんの」

「キリンの真似してた訳じゃないんだ」

「んな訳ないでしょ」

醤油《しょうゆ》と塩、味醂を少し加え、また陽平が味見をする。仕上げにざく切りにしておいた三つ葉と柚子《ゆず》皮の粉末を散らし、もう一度味身をすると、陽平はゆっくりと味見用の皿を置いた。

「完成？」

陽平は何も言わず、和樹に味見用の皿を差し出す。和樹がそれを手に取ると、陽平がその中に汁を少量入れた。

「飲んでいいの？」

「どうぞ」

和樹がゆっくりと皿に口をつける。

「これ、味濃くないのにめちゃくちゃ美味《うま》い！」

一口飲んでそう言うと、和樹はそのまま汁を飲み干した。

「今回はお気に召しましたか？」

「いや、前の料理も不味かった訳じゃないからね？」

「分かってるよ。俺が作ってんだから」

「ねぇ陽平さん、切り身も味見したい！」

「ダメ！　切り身は余分入れてないから後で」

「えぇー。絶対美味いはずなのに……」

「後で食えるんだからいーだろ」

「そうだけど……」

和樹の目の前に、陽平がボールを置く。

「じゃぁ、出汁取るのに使った『あら』、残ってるけど食べる？」

「食べる！」

和樹が目を輝かせている。

「後は捨てるだけだから、骨に少し残った身しゃぶって食べていいよ」

返事もそこそこに、和樹は鯛の骨をしゃぶっていく。

十九品目「鯛の蓬蒸し」

「ようへいはん、ほれふまいね」

「頼むから、食いながら喋《しゃべ》らないでくれ」

陽平に注意されて、和樹がしゃぶっていた骨を口から離す。骨を流しに捨て、少し上目遣いに陽平の方を見る。

「『これ美味いね』って言ったんだけど」

「言われなくても分かるって」

「で、次は?」

「そう簡単に言ってくれるなよ……。作るの結構大変なんだぞ」

「ゴメン。フツーにどれも美味いから、次はどんな料理か気になって」

素直に謝られると、陽平もそれ以上強くは出れない。

「次は、酒蒸しにしようと思ってるよ」

「美味いよねー、酒蒸し。アサリの酒蒸し好きだよ」

「お前、それは酒のツマミになるからだろ?」

「バレたかー」

和樹が無邪気な笑顔を陽平に向ける。

「今日は鯛の酒蒸しな。ただ、フツーに作っても面白くないから、ちょっと俺流で」

「ちなみにそれ、今まで作ったことは?」

「ない」

「またそのパターン?」

和樹がやれやれといった表情をする。

「大丈夫。昔作り方を聞いたことがある」

「何も大丈夫じゃなくない?」

「俺、料理では失敗しないので」

陽平は和樹の方に振り向き、決め顔をする。

「そのネタ、もう古くない?」

「いいじゃん!」

陽平は深緑色の菜っ葉をザルに入れ、そのまま流しで洗い始めた。それは小松菜やほうれん草ともまるで違う、見慣れない姿形をしている。強いて言えば、春菊が一番近いだろうか。

「見たことない葉っぱだけど、それは？」

「これは、蓬《よもぎ》」

「よもぎ？」

「草餅作る時に使う葉っぱだよ」

「草餅ってこの葉っぱ使ってるんだ」

初めて見る蓬を、和樹が物珍しそうに見ている。

「今日はこれで、変わり種の酒蒸し作るの」

「美味いの？」

「俺も食べたことないから、まだ何とも。でも、相性的にはそんな悪くないはず」

「適当だなー」

陽平が洗い終わった蓬をザルにあげ、中型のフライパンを取り出した。

「蒸し器出すの面倒だから、今日は手抜きしてフライパンで作るわ」

「もう美味くできるなら何でもいーよ」

和樹が投げやりに答える。

「大丈夫だって。俺に任せとけ」

「分かったよ」

陽平はフライパンの中にクッキングシートを敷くと、塩をして臭みを抜いた皮つきの切り身を並べ、その間に蓬を敷き詰める。仕上げにその上から塩と酒を振りかけ、フタをして中火にかけていく。

数分経《た》つと、フタの間から白い湯気が立ち上ってきた。火加減に注意しながら、そのままさらに五分ほど蒸していく。段々と湯気に酒の香りに混じって、蓬独特の少し青臭いような香りが混じってくる。頃合いを見計らって陽平がフタを取ると、台所全体に蓬と酒の香りが広がった。

「うわー、蓬ってこんな匂い強いんだ」

「ちょっと青臭いでしょ？」

「うん。雑草みたいな匂いがする」

「雑草って……、お前なぁ……」

「ホントに美味いの？」

「とりあえず、味見してみるか」

陽平が蓬をどけ、切り身を一つ小皿に取る。その上に酢醤油《じょうゆ》を少し垂らし、一口味見をする。ふっくらとして淡白な味わいの鯛《たい》に、蓬の爽快感のある香りが移ってサッパリとした味に仕上がっている。だが、陽平が思っていた以上に酸味が強すぎる。

「どう？　陽平さん」

「……悪くは、ない。けど、味つけは別のがいい気がする」

陽平がもう一口、蓬蒸しを食べる。本来白身魚の酒蒸しにはポン酢を合わせるのだが、蓬の香りが柑橘類《かんきつるい》の香りと合わないと考え、陽平はあえて酢醤油にしたのだ。だが、他にもっと合うものがある気がして、陽平は真剣な表情で鯛の身を咀嚼《そしゃく》していた。

と、陽平は何か閃《ひらめ》いた顔をして小鍋を取り出した。

その中に、次の料理で使うつもりで用意していた出し汁を少し入れる。出し汁は塩や醤油などで味つけしてあったものだが、そこにさらに砂糖と味醂《みりん》を加えて煮溶かしていく。出来上がった少し甘めの出し汁を、陽平は鯛の身に回しかけた。それを一口食べ、陽平は満足げな顔で箸を置いた。

「どう？　上手《うま》くいったの？」

「食べてみ？」

陽平が自分の箸で身を一口分取り、それを和樹の口に入れてやる。和樹がモグモグと口を動かす。

「雑草みたいな匂いだったのに、めちゃくちゃ美味《おい》しくなってる！」

「でしょー？」

「この上にかかってるのが美味い！」

「酢醤油だと合わなかったから、もっとあっさりした味にしたの」

「へぇー」

「一応、酢醤油の方も食べてみる？」

「うん」

今度は酢醤油をかけた身を、陽平が和樹の口に入れてやる。

「……こっちでも俺は美味いと思うけど、やっぱ最初に食べたほうが断然美味いわ」

「でしょでしょ？」

「やっぱ陽平さんって天才だわ！」

「ほらほらー、もっと言ってくれてもいいんだよ？」

和樹の誉《ほ》め言葉に、陽平は有頂天になっている。

二十品目「鯛茶漬け」

「最後はご飯ものにするよー」

「てことは、やっぱり鯛めし？」

「それじゃぁ、面白くないじゃん。まぁ、ある意味半分正解かも……」

「ん？　また変な変わり種作るの？」

「いや、次は王道で鯛茶漬け」

「おー、絶対美味いヤツじゃん」

流しの横の調理台で、陽平が最後まで取っておいた鯛の柵をまな板の上に置いた。

「もう一回刺身引くけど、和樹やってみる？」

「えー、皮やって失敗したじゃん」

「こっちの方がたぶん簡単だよ」

「じゃぁ、それなら……」

陽平が柳包丁を渡す。包丁を持つ和樹の後ろに陽平が立ち、和樹に刺身の引き方を教えていく。

「今、置いてある柵の右側が尻尾なのは分かる？」

「うん。そっち側の方が細くなってるもんね」

「で、頭の方に向かって赤いV字が通ってるじゃん？」

「うん。横向きになったV字の口が頭の方に向いてるね」

「で、さっき皮引いた時と同じように包丁を構えてみて」

「分かった」

包丁を構えた和樹の右手に、陽平が右手を添える。

「刃先を左に向かって斜めに構えて、鯛の身を斜《なな》めに切っていく感じね」

「オッケー」

「包丁の刃元を身の手前側の角に当てて、そのまま手前側に向かって引き切っていくイメージで」

空いた左手の方を使い、陽平がジェスチャーを交えて教えていく。

「うーん、俺にできるのかなぁ？」

「一回俺が一緒にやるから。手の力抜いて」

陽平が和樹の手の上から包丁を握り、試しに一切れ切ってみる。

「どう？　できそう？」

「まぁ、何とか……」

「大丈夫。これは刺身で食べる訳じゃないから、見た目悪くなっても問題ないから」

和樹が恐る恐る包丁を握り、刺身を引いていく。切られた身は、厚さもバラバラで、所々身が崩れている。

「手首だけで包丁を引こうとしないで。脇を閉めて、腕全体で包丁を引くような感覚で素早く。身に対して斜めに包丁を入れて、そのまま同じ角度を保って一回で引き切るの」

「うーん、こんな感じ？」

陽平に言われた通りに、和樹は先ほどよりも大きく機敏に包丁を動かす。

「そう、上手。右手は親指を鯛の身に押し当てて、その加減で切る厚さを加減するの」

「手も切っちゃいそうで怖いよー」

「そうしないよう気をつけて加減するんだけど……、まぁ、これは上級者向けかな」

「俺にはムリだよー」

和樹の引く刺身は、厚さこそバラバラだが、どうにかそれらしい見た目になっている。

柵の半分ほど和樹が引き終えた辺りで、陽平が声をかける。

「そろそろ交代する？」

「うん。もう疲れた」

「はい、お疲れ様。和樹はご飯炊いちゃって」

「はーい」

陽平が和樹から包丁を受け取り、残りの柵を全て引いていく。

「ちなみに、寿司《すし》ネタに使う場合は最後に包丁を立てて引くんだけど、何でか分かる？」

「わかんなーい」

「そうやって切ると、切った身の端が少し窪《くぼ》んだ感じになるのよ。その面を上にして握ると、ネタに醤油《しょうゆ》が載っかりやすくなるって訳」

「へぇー、そうなんだー」

柵を全て引き終えると、陽平は用意しておいた漬けダレに刺身を全て入れた。タレは醤油に酒や味醂、砂糖などを加えて煮立たせ、たっぷりとすり胡麻《ごま》を混ぜた少し甘めのものだ。タレは事前に仕込み、ボールに入れて冷ましてある。

「これはどれぐらい置くの？」

「あんまり漬けると味醂で身が固くなっちゃうから、二十分ぐらいかなー」

「ふぅーん」

「今の内に、昆布〆少し味見してみる？」

「みるみるー！　もう半分存在忘れかけてたわ」

味見という言葉に反応し、陽平は冷蔵庫に入れていたバットを上機嫌で取り出してくる。それを渡された陽平が、重しをどけて昆布の間から数切れ皿に取る。皿の上に出された鯛の身は、ほんのりとべっ甲色になっていた。

「うわー、少し色が変わってるね」

「うん、もう食べ頃だね。和樹から先に味見していーよ」

和樹は意気揚々と昆布〆を頬張る。

「美味しい？」

「うん！　嚙《か》めば嚙むほど味が出てくる、って感じだね。これは醬油少しでいいわ」

「フツーの刺身とはまた違った味でしょ？」

「うん！」

和樹の様子を見て、陽平も昆布〆に箸を伸ばす。適度に水分が抜け、昆布の旨味《うまみ》が凝縮された鯛の身は、少しねっとりとした舌触りで得も言われぬ美味しさだった。

「やっぱ昆布〆は美味《うま》いね」

「冷えた日本酒をキューっとやりたくなる！」

「それはもう少し後でね」

「はぁーい」

もう少しで夕飯と分かっているから、和樹は素直に従う。

後片づけをする傍ら、陽平は鯛茶漬けに使う大葉を刻んでいく。手際のよい陽平は、既に小鍋に出し汁も用意してある。その鍋から少し拝借して、蓬蒸しに合わせる出し汁にしたのだ。出し汁は鯛の骨と昆布から取ったものを、酒や塩、醤油、味醂で味を整えてある。

陽平と和樹がその他の料理の仕上げや盛りつけなどをしている内に、飯が炊き上がり、鯛もいい塩梅《あんばい》になっていた。

「よし、じゃご飯にしますか」

「やったね！　よーやく酒飲めるわ」

「その前に和樹は出来上がった料理を食卓に運んでってね」

「はーい」

和樹がせっせと料理を運んでいく横で、陽平は炊き立てのご飯を丼によそい、その上にタレに漬けていた鯛の身を放射状に並べていく。その真ん中に刻んだ大葉と山葵《わさび》を盛り、片口の器に出し汁を入れる。

食卓にそれを運ぶと、和樹が先に座っていた。食卓の上には、色とりどりの十品の鯛料理が所狭しと並んでいる。

「陽平さん、お腹空《なか》いたよ。早く食べよー」

「ハイハイ。それじゃぁ、食べますか」

「いただきまーす！」

箸を手に取ると、和樹は真っ先に鯛茶漬けの丼に箸をつけた。黄金色の鯛の身とご飯を一口に頬張り、幸せそうな表情でモグモグと口を動かしている。

「どうよ、鯛茶は？」

「めっちゃ美味い！　少し甘辛い胡麻味って感じで、めっちゃご飯に合う！」

「そりゃよかった」

少し安堵《あんど》した表情で、陽平も食べ始める。

「何か濃いめの味だから、生卵とか合いそう」

「お、実際にそーゆー料理あるよ」

「マジで！」

「愛媛の宇和島《うわじま》の名物で、『鯛《たい》めし』って名前の料理」

「へぇー、鯛めしって炊き込みご飯以外にもあったんだー」

「だから、さっき『半分正解かも』って言ったんだよ」

「あー、なるほどー」

「あと、鯛のほぐし身を醬油味の炊き込みご飯の上にかけた、『鯛めし』とかもあるよ」

「へぇー。それも美味そう」

よほど気に入ったのか、和樹は他の料理に目もくれず鯛茶漬けばかりを食べている。

「和樹、これ出し汁かけて食べる料理なんだけど……」

「あ、美味過ぎてつい……」

半分以上食べたところで、ようやく和樹は丼に出し汁を注いだ。

「お茶漬けにすると薄味でサッパリするね。でも、俺がちょうどいいと思うぐらいの濃さだわ」

「そーゆー風に調整してるんで」

「てかさ、これお茶使ってないけどお茶漬けなん？」

「出汁《だし》茶漬けってのもあるから、お茶漬けでしょ」

「ふぅーん」

「さ、他の料理も一杯あるから召し上がれ」

陽平の言葉に和樹は子どものように喜び、次から次へと鯛料理を平らげていったのだった。

美つの幸福ごはん

【ある日の二人】

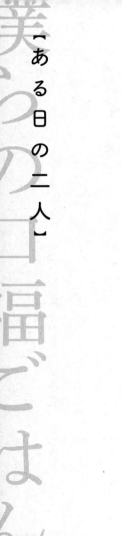

とある会社のオフィス――。

多くの社員が忙《せわ》しなく働いてる中、和樹《かずき》は自分の机の上で、柄にもなくため息をついて浮かない顔をしていた。

――はぁ、どうしようかなぁ。

和樹は今朝あったことを思い出していたのだ。

和樹を悩ませているのは、言うまでもなく恋人の陽平《ようへい》のことだ。今朝、家を出る前、陽平と些細《ささい》なことから少し険悪な感じになってしまっていたのだ。事の発端は、和樹の物言いだった。

＊

今朝、まだ和樹が食卓で朝食を摂《と》っていた時のこと。

陽平は食べたくないとかで、今日は和樹一人で朝食を摂っていたのだった。陽平が朝食を口にしないこと自体はさほど珍しくないことだが、それでも普段なら和樹が朝食を摂る時には食卓にやってきて、紅茶の一杯ぐらいは一緒に飲んでくれるのだ。それなのに今日は、朝からずっと書斎に籠りっ放しなのである。

和樹は自分で焼いた食パンをコーヒーで流し込むと、空の食器を流しまで運ぼうと立ち上がる。と、丁度居間に入ってきた陽平と目が合った。小説の原稿に追われているのだろうか、明らかに寝不足そうな顔だ。

「陽平さん、おはよう」

「……おはよう」

「ご飯一人で食べちゃったよ」

「……うん」

「ゴメン、俺、朝一番で仕上げなきゃいけない資料があるから、もう会社行くね」

「あぁ、」

やはり疲れているのだろう、陽平はいつになく不機嫌そうだ。

「大丈夫？　後の家事、できる？」

「……できる、って、俺がやるしかないじゃないか」

「いや、まぁ、俺が帰ってからやっても……」

そう言いかけた和樹の言葉を陽平が遮る。

「いいよ、どうせそれでも、後始末は俺がやんなきゃならなくなるんだし」

「ゴメンなさい」

「だいたいお前はさぁ……」

そこまで言いかけて、急に陽平は押し黙ってしまった。何かにハッとしたような顔をしている。

「……陽平さん？」

「……いや、何でもない。もう行かなきゃまずいんだろ」

「う、うん……」

「食器その辺に置いとけば洗っとくから、急いで支度しろ」

＊

──まぁ、あれは俺が悪かったからなぁ。

和樹も自分の非は素直に認めている。普段ならまだしも、仕事が立て込んでピリピリしている陽平に言うべき言葉ではなかっただろう。だが、それよりも和樹を悩ませていたのは、今朝の陽平の行動だった。

──やっぱり、あれは気になるよなぁ。

基本温和な陽平は機嫌が悪くても声を荒らげたりはしない。確かに少し短気な所はあるが、それとて一時的な物で、和樹は付き合ってから陽平に本気で怒鳴られたりしたこともほとんどない。今朝もまた、陽平は怒鳴ったりした訳ではなかったが、不機嫌で、感情を抑えているのが鈍感な和樹にもハッキリと分かる程だった。和樹が出がけに見たその姿は、いつもとは明らかに違う物だった。

　別に陽平のことだから、きっと帰ってから謝れば許してはくれるだろう。だが、和樹はどうしても朝の陽平の様子にただならぬ気配を感じて、未《いま》だに気にかかっていたのだった。

「飯野《いいの》君！」

「は、はい！」

　突然自分の苗字《みょうじ》を呼ばれて、和樹は反射的に立ち上がる。声のした方を見ると、上司が自分のことを手招きしている。急いで上司のところに向かうと、いつも柔和な上司が少し厳しい顔をしていた。

「すみません、お呼びでしょうか……？」

「飯野君、今日少し疲れてる？」

「え？」

「さっき貰《もら》った資料、数値が違うと思うんだけど……」

　上司に手渡された資料にすぐさま目を落とし、急いでデータを確認する。確かに何か所か数値が間違っていた。仕事においては何事も完璧にこなす和樹なら、普段はまずやらないようなミスだった。

「すみませんでした！　急いですぐに直しますので」

「うん、じゃぁ頼むね。……にしても、どうしたんだい？　キミらしくないじゃないか」

「すみません……」

上司の言葉が、和樹の心に深く刺さる。それを感じながら、肩を落としてとぼとぼと自分の机へと戻っていく。

初歩的なミスをし、変化を他人に指摘される程までに自分が考え込んでいたことに、和和樹は驚きつつ、深く落ち込んでいた。

どこか上の空のまま午前中の業務が終わり、気が付けばお昼の時間になっていた。

和樹は力なくイスから立ち上がり、オフィスの外に出る。

陽平と同居し、いつも食事の大半を任せているが、昼食だけは基本的にお互いの自由にしているのだ。朝に弱い陽平が弁当を作るのを嫌がるのが一番の理由だが、昼飯ぐらいは和樹の自由に食べさせてやりたい、と思っているのかもしれない。

いつもならそのまま近くの飲食店に食べに行ってしまうことも多いのだが、今日はあまりそんな気分でもない。さすがに食欲が全くない訳ではないが、今日は本当に簡単に、とにかく何かを胃に入れればいいといった気分だった。

和樹はあてもなくオフィス街の中を歩き、気が付けばコンビニの前に立っていた。

――ここで何か買って、簡単に済ますか。

そう思って店舗の中に入ったのだが、店内の商品を見てもあまりそそられる物がない。昼休憩の時間にも限りがあり、あまりゆっくりしている時間もないので、和樹は適当に目に付いた麺類を手に取った。こういう時でも、やはり手が伸びるのは自分の好物なのかと苦笑する。和樹は無類の麺好きなのだ。

会計を済ませ、レジ袋を提げた和樹はトボトボとオフィスへと戻っていく。

そのまま自分のデスクに座ると、机の上の書類を片付け、買ってきた昼食を食べ始めた。いつものように食欲がないとはいえ、半日働いた身体《からだ》はやはり食べ物を欲していたのか、一口食べると案外するすると食べ進められた。買ってきた麺を完食し、ゴミを捨てようと立った時だった。和樹はワイシャツに茶色い染みが付いているのに気が付いた。

「あー、やっちゃったか」

間違いなく麺をすする時に付けてしまったのだろう。昼食のゴミを捨て、和樹は洗面台の鏡の前で染みの様子を見る。幸い、それほど大きな物でなかったので、ジャケットを着てしまえばどうにかなりそうである。大事な会議や社外の人間と会う用事がある日でなくてよかったと、和樹はホッと胸をなでおろした。

「でも、陽平さんにまた叱られるだろうなぁ……」

和樹はこういう事に疎いので、染み抜きは陽平にやってもらうしかない。さすがに人並みに洗濯機ぐらいは使えるが、ただ洗剤をポンと入れて洗濯機を回すばかりで、詳しい染み抜きの方法などは知らないのだ。帰る前から、早速陽平に謝る事を増やしてしまい、和樹は気が重くなる。やっぱり今日はつくづくツイてない日だと思う。

和樹の脳裏に、怒る陽平の顔がフッと浮かぶ。服に付けた染みが中々取れず、陽平に泣きついて染み抜きをやってもらった事も一度や二度ではないのだ。またやったのか、ときっと小言が飛んでくるだろう。だがそれもこれも、自分が蒔《ま》いた種なのだからどうしようもない。

和樹は自分の席に戻り、ペットボトルのお茶を飲みながら、ふと窓の外を見上げる。

何だかんだ言っても、やはり気になるのは陽平の様子である。

——陽平さん、ちゃんとご飯食べてるかな……。

その頃、陽平は自宅の書斎で一人渋い顔をしていた。

陽平の眼前の机にはパソコンが置かれ、その脇には資料の紙やら原稿用紙やらが散乱している。

陽平はゼリー飲料をちゅーっと吸いながら、パソコンの画面を凝視していた。一息に飲み干すと、容器を適当に置く。口を歪《ゆが》め、不機嫌そうに貧乏ゆすりをしている。

和樹の予感通り、陽平は食事を摂っていなかった。今しがた飲み干したゼリー飲料が、陽平の今日の昼食だった。忙しい日には、こういう昼食になる事もさして珍しい事ではない。本当に手が離せなければ、昼食を抜く時すらあるのだ。

陽平はパソコンから視線を落とし、大きなため息をつく。やる事は無数に浮かんでくるのに、それを手際よくこなしていけない自分に少しイラついていた。丁度今はライターの仕事が繁忙期で、とにかくやる事が山積みなのだ。それに加え、今は作家としての仕事も抱えている。夜にはそちらも手を付けなければならない。

陽平はゼリー飲料の容器を手に、イスから立ち上がり伸びをした。フッと気を抜くと、怒る和樹の顔が頭に浮かんでくる。陽平さん、またちゃんとご飯食べてない！——そんなセリフさえどこからともなく聞こえてくるような気さえする。きっといつもいつも、そんな風に怒られているからだろう。陽平が和樹を怒る事の方が圧倒的に多いが、陽平の健康を思って和樹も陽平の荒《すさ》んだ食生活に小言を言ってくるのだ。もっとも、何度言われようとも陽平が聞く耳を持つ事はないのだが。

また和樹に見つかって小言を言われる前に証拠隠滅してしまおうと、陽平はゴミを持って廊下を台所へと向かう。と、足元に何やら違和感を感じた。

——ん？

何かふにゃっとした物を踏んだ感触があった。足をどけると、灰色の丸い塊が足元にある。それが何かすぐに察しが付いたが、拾い上げてみると、果たしてそれは丸められた靴下だった。左右両方が一まとめにされて、くるっとボールのように丸められている。陽平はまず自分の靴下をこんな風にはしない。となると、犯人は一人である。

「アイツ、また靴下脱いだまま放置しやがって……」

帰ったらまた説教だな、と思った。和樹と住んでいると、本当に毎日退屈しない。

陽平は丸められた靴下を解き、洗濯機の中にポイっと投げ入れた。


和樹はクタクタになりながら、会社から駅までの道のりを歩いていた。

——ホントに、長い一日だったなぁ。

結局、昼食の後も災難に見舞われっぱなしで、あっちに頭を下げ、こっちに謝り……と、とにかくペコペコしてばかりで和樹の一日は過ぎ去っていったのだった。どれも軽微な物だったり、和樹のせいでない物もあったりしたのだが、普段そこまで仕事でミスをする人間ではない分、和樹の中でそれがかなり応《こた》えていた。

——色々ミスしちゃったなぁ……。

駅に近づくにつれ、道沿いには飲み屋が増えてくる。今日はその飲み屋の明かりが一段と眩《まぶ》しく感じられる。店先からこぼれる音や匂いにつられ、和樹は自然と店の前で足を止めてしまっていた。憂さ晴らしに、一杯引っ掛けていきたい衝動に駆られる。いや、一人で暮らしていた頃の和樹なら、間違いなくそうしていた。

だが、今の和樹には、家で自分の帰りを待つ人間がいる。

——……帰るか。

頭に浮かんだ悩みを振り払うかのように、和樹は頭を振り再び駅に向かって歩き出す。

と、少し歩いた所で、再び足を止める。和樹の視線の先には、今度は一軒の和菓子屋があった。

——あっ、これ……。

店内のショーケースに並ぶ物を見て、和樹はその店の暖簾《のれん》をくぐった。


陽平は仕事を終え、買い物に出ていた。

仕事に忙殺されているせいで、やはり依然として気は晴れない。

——今日は色々あったなぁ……。

結局午後は午後で、うっかり〆切《しめきり》を勘違いしている仕事が出てきたり、オンライン会議でダメ出しをされたり……と、とにかく神経がすり減るような事ばかりが立て続けに陽平に降りかかってきたのである。

——ま、でも、済んだ事だしな。

それらにどうにか始末をつけ、既に事なきを得ていたので、楽天家の陽平はそこまで気に病んではいなかった。が、とにかくドッと疲れが出てきたような感覚に襲われていた。

——今日のご飯は、何にしようか……。

家からスーパーに向かって歩きながら、陽平は夕飯の献立を考えていた。余裕がある日ならば、スーパーに行き、その時並んでいる品物をじっくり見ながら悩むのだが、今日は先に決めて、さっさと買い物を済ませて帰ってきたい気分だった。陽平一人なら、間違いなくスーパーに行く時間と体力すら惜しんで、適当にコンビニ飯かインスタント食品で済ましている所だろう。

だが、今の陽平には、自分が作る食事を待つ人間がいる。

——アイツは、今日の昼何食べたんだろう？

陽平は和樹が昼に何を食べたかちょっと想像してみる。和樹の昼食と夕飯の献立が被《かぶ》ってしまうことになれば、後で文句を言われるはめになる。だが、どうせ和樹のことである。何だかんだ言いつつ、今日も好物の麺類でもすすったのだろう。

と、不意に道の少し先で子どもの泣き声がした。

驚いた陽平が顔を上げると、どうやら子どもが道端で転んでしまったらしい。幸い、すぐそばに親らしき大人の人影が見え、既に子どもはその人に抱き起こされている所だった。陽平は安堵《あんど》しながら、足を止め、しばしその親子の姿を呆然《ぼうぜん》と見ていた。

——こういう時、和樹なら……。

きっと和樹なら、真っ先に駆けていっただろう。自分ならまず一瞬周囲の状況を見てから判断するが、こういう場面に出くわした時の和樹は、損得勘定関係なく、とにかくその状況を必死に何とかしようとするのだ。

——ま、アイツは直線バカだからな。

その和樹の姿を想像し、陽平の口元からフッと笑みがこぼれる。

今日の献立は、和樹の好物にしてやろうと思った。

「陽平さーん、ただいまー」

「あぁ、おかえり」

「陽平さん、今朝はゴメンね」

「ん？」

「いや、朝、ちょっと言い過ぎちゃったかなぁ、って」

「あー、別に気にしてないからいいよ。俺もちょっと感情的な言い方しかけたし。それに、お前と一緒にいるとあんな事しょっちゅうだしね」

「ひどくない？」

「まぁ俺も今ピリピリしてる事多いだろうからね。お前も何だかんだ気を遣ってくれてるんだろうし。いつもいつもゴメンな」

陽平が和樹の頭をポンポンと撫《な》でてやる。が、ワイシャツの染みを見つけて、陽平の顔が曇った。

「で、それはそうと、その染みはどーした？」

「あっ、」

「今度は何飛ばした」

「麺食べてて、汁飛ばしちゃいました。ごめんなさい」

陽平が大きなため息をつく。

「……後で洗うから、脱いだら洗面台に置いておいて。あーあ、脱ぎ捨ててあった靴下の事怒らないでいたのに、なーんでお前はそう俺を怒らせるかねぇ」

「……別に怒ってくれって頼んでないもん」

和樹が頬を膨らませて抗議する。

「それで、今日の夕飯は？」

「教えない」

そんな陽平を無視して、和樹は冷蔵庫をガチャリと開ける。冷蔵庫の中には、既に刺身が皿に盛り付けられて冷やされていた。

「あれ、今日刺身にしたんだ」

刺身も麺と並んで和樹の大好物なのだ。よく見ると、その横の調理台に並んでいる料理も、焼き茄子《なす》に蛸《たこ》と胡瓜《きゅうり》の酢の物など、どれも和樹の好きな物ばかりである。

「ってか、俺の好物ばっかじゃん」

「好物選んで作ったんだよ」

「え？　今日何かあったっけ？」

「いや別に。俺がそうしたかったから作っただけ」

「あっ、これ、帰ったら一緒に食べようと思って」

和樹が手に提げていた和菓子屋の紙袋を調理台の上に置く。

「あれ、今日何かあったっけ？」

陽平が和樹の言葉を真似《まね》する。

「いや、別に何もないよ。ただ帰りがけに目に入って、陽平さん好きだよなぁー、って思って和菓子買って来ただけ」

「ふーん」

いつの間に持っていたのか、和樹が缶ビールをプシュッと開けた。その音で陽平が振り返る。和樹はスーツ姿のまま、冷蔵庫に寄りかかってビールを飲んでいた。

「ぷはぁー、やっぱこの瞬間が一番幸せだわー」

「お前……、とりあえず着替えて風呂入ってからにしろよ」

「えーいーじゃん、今日は色々災難続きの一日だったから、とりあえず飲みたい気分なの！」

「何があったの、そんなに」

「そういう日ない？　何をやっても上手《うま》くいかなくて、災難ばっか起こる日みたいなの」

「あー、よくあるよ。ってか今日がそうだったかも」

「うわー、お揃《そろ》いじゃん」

「あんまり嬉《うれ》しくないお揃いだけどな」

「じゃぁさ、陽平さんも一緒に飲もうよ！　飲んでパーッと発散しよ」

「バカ。この後原稿書かなきゃいけないから、今飲んだら仕事できなくなる」

「あーそっか、陽平さんまだ仕事残ってるのか。ゴメンね」

「まぁいいよ、原稿は会社の仕事と違って俺が筆が遅いのが原因だし。そこ、どいて」

陽平が包丁を握る手を止め、冷蔵庫を開ける。中から取り出してきたのは、サイダーの缶だった。それを片手でプシュッと開ける。

「ほら？　これならいいだろ？　はい、乾杯」

和樹の持つビールの缶に、陽平は持っていた缶をこつんと当てた。

【第三章　じゃがいも】

二十一品目「生じゃがいものサラダ」

「和樹《かずき》ー、玄関開けてー」

買い物帰りの陽平《ようへい》が玄関先で大声を出す。居間にいた和樹が慌てて玄関のドアを開ける。

「どしたの、陽平さん」

「ちょっと買い過ぎちゃって……」

陽平は両手に買い物袋を持ち、それに加えて何やらオレンジ色のネットを提げている。

その中には泥にまみれた球体がいくつも入っている。

「これ、じゃがいも？」

「そー」

「なに、今度はじゃがいもの声が聞こえたの？」

「さっすが理系、鋭い！」

「文理は関係ないでしょ……、てかまた無駄遣いして……」

「ま、声聞こえたってのは嘘《うそ》だけど。新じゃがの季節だから、これで何か作ろうと思って」

「これ、どれぐらい入ってるの？」

「一キロ」

「は？　また、十品作るの？」

「さっすが理系、するど……」

和樹が陽平の頬をつまむ。

「おだてても何も出ないからね！」

「バレちゃぁしょーがないね」

「いくら俺でも気づくわ」

和樹が陽平の荷物を半分受け取り、二人で台所に向かう。手分けして買ってきた物を一通りしまい、陽平は手を洗うと前かけをしめた。

「さ、始めるよ！」

「えー、やっぱやるのー？」

「これ原稿にするんだから、手伝ってよー」

「嫌って言っても、どーせ無理やり手伝わされるんでしょ？」

和樹は早々にもうふてくされている。

「いや、別に手伝ってくれなくてもいーよ」

陽平の顔を疑いの目で見る。

「……本音は？」

「それならメシ抜きにすればいいかなぁ、と」

「結局俺に選択肢ねぇじゃん！」

「まぁまぁ、そう怒らずに……。今回はそんな凝ったもの作るつもりじゃないし……」

「分かったよ……。で、一品目は？」

「まずはサラダ作ろうかなぁ、と」

「何？　ポテサラ？」

和樹がぶっきらぼうに言う。

「いや、生で」

「食べれるの⁉」

「大丈夫。生の空豆に比べたらそんなに邪道な食べ方じゃない」

「じゃがいもって生で食べれるんだー」

「ま、なるべく芽が出てないもの選んで、ちゃんと皮むいたりとかは注意しないといけないけどね」

陽平がじゃがいもを何個か手に取り、丁寧に表面の泥を洗い流していく。その後でピーラーで皮をむき、それを針のような細切りにしていく。あまり幅広に切ると、口の中に残って食感が悪くなるのだ。陽平は輪切りにしたじゃがいもを横に倒し、鮮やかな包丁さばきで針状に切っていく。全て切り終わると、じゃがいもをボールに張った水にさらす。

水にさらしている間に冷蔵庫からハムを取り出し、それも数枚、同じように細切りにしていく。じゃがいもから出たデンプンで水が少し濁ってきた頃合いで、じゃがいもを水から上げ、サッと洗ってサラダにしていく。ボールに洗ったじゃがいもとハムを入れ、マヨネーズと辛子で味つけし、黒胡椒《こしょう》と醬油《しょうゆ》も少し加えて混ぜ合わせる。

「これで完成？」

「そう」

「ホントに？」

「食べてみない？」

和樹が無言でボールの前に手を差し出す。陽平がその手の上にほんの少しサラダを載せてやる。それをゆっくりと口に入れて咀嚼《そしゃく》する。

「マヨネーズと香辛料使ったから、食べやすいでしょ？」

「うん。生のじゃがいもってこんな感じなんだね。ちょっと甘い?、気がする」

「細切りにして、水にちゃんとさらすとこーなるのよ」

そう言いながら陽平も自分で味見をする。

「あ、ちゃんとまともな味になってるね。よかった」

「あのさー、味が分からないものを俺に味見させるのやめない？　俺実験台じゃないんだから」

「大丈夫だって。味見しなくても大体の味は見当つくから」

「ホントかなぁー」

胸を張る陽平を、和樹がまた疑わしい目で見ている。

二十二品目「じゃがバター」

「じゃぁ、次は無難なもので」

「何作んの？」

「じゃがバター」

「おおっ、間違いないヤッだ」

「まるで俺が作る料理に間違いがあるみたいじゃん」

「えー、言葉のアヤだよー」

「罰として、残りのじゃがいも、全部泥落として」

「そんなぁー」

和樹が思わず声をあげる。

「たった一キロじゃん。じゃがバター出来上がったら味見させてあげるから」

「分かったよー」

和樹が渋々流しでじゃがいもを洗い始めた。洗い上がったじゃがいもを陽平がいくつか手に取り、芽などを取り除いてから一個ずつ蒸し器の中に並べていく。

「さ、ここから十五分ぐらいかな」

「もうこれでいい？」

和樹がヘトヘトに疲れ果てた顔で陽平に訴えかける。

「あ、洗い終わった？」

「終わりましたよ、先生」

「先生はやめろって言ってるだろ」

「えへへー、俺のことこき使った仕返しー」

少し顔を赤らめた陽平を見ながら、和樹がいたずらっ子のような笑みを浮かべる。

「大人をからかうんじゃありません！」

「俺も大人だけど？」

「お前は見た目は大人、中身は子どもって感じじゃん」

「えー、それを言うなら陽平さんも結構子どもっぽいトコあるよ」

痛い所を衝《つ》かれて、陽平は答えに窮する。陽平は無言で蒸し器の中のいもの上下をひっくり返していく。

「答えてよー、陽平さん」

「もういいじゃん！　この話はおしまい！」

「あ、逃げた」

「ハイハイそうですよ、俺は逃げました。和樹君の勝ちですよ」

投げやりに陽平が言う。

「怒んないでよ……」

「怒ってないって！」

「その言い方がもう怒ってるじゃん！」

「だーかーら、」

言いかけて、ふと陽平が笑う。

「どしたの？」

「いや、このやり取り自体が子どもだなぁ、って」

「確かに」

和樹も釣られて笑う。

「さ、そろそろいも蒸し上がった頃かな」

陽平が蒸し器のフタを開け、中のいもに竹串を刺す。竹串はすんなりといもに刺さった。

「よし、中まで火通ってる。約束したから、一個出来たて食べていーよ」

「やったー！」

「バター、冷蔵庫から出しておいで」

嬉々《きき》として和樹が冷蔵庫を開け、中からバターの入った保存容器を出してくる。

「新じゃがは皮が美味《おい》しいから、このまま食べな」

陽平が小皿に一個置き、天面に十文字に切れ目を入れた。

「はぁーい」

「さ、バター好きなように載せて召し上がれ」

和樹がバターをいもの上に載せる。そのバターが熱ですぐに黄金色の液体になっていく。

「いただきまーす」

和樹が熱いのを我慢して、一口じゃがバターを頬張った。

「どう？」

「美味《うま》い！」

「それはよかった」

「たぶんねぇ、こうしたらもっと美味いと思うんだよねぇ」

和樹はどこからかイカの塩辛の瓶を取り出し、塩辛をじゃがバターに載せた。幸せそうな顔でそれを頬張る和樹を、陽平が呆《あき》れ顔で見ている。

「それ、居酒屋のメニューじゃん……」

「うん！　やっぱめっちゃ美味くなった！」

「お前なぁ、酒は夕飯まで飲ませないからな」

「分かってるって……」

コイツは酒のことしか頭にないヤツだな、と思いながら、陽平は満足げな様子で食べる和樹の姿を見ていた。

二十三品目　「いもなます」

「次は、珍しい料理作ってみよっか」

「ちなみに、陽平さんそれ作ったことは……」

「ないよ」

陽平はあっけらかんと言い放つ。

「やっぱりかぁー。で、どんな料理？」

「いもなます」

「いもなます？」

聞き慣れない単語に、陽平が首を傾《かし》げる。

「うん。じゃがいもを使った酢の物」

「あー『なます』ってそのなますかぁ」

「そそ」

「お正月とかに食べるのだよね？」

「そー、フツーは大根とか蕪《かぶ》で作るんだけどね」

「どうやって作るのか見当もつかないや」

「うん。俺も」

「マジで？」

「いや、嘘《うそ》。作り方は読んだことがある」

陽平がじゃがいもの皮をむき、サラダの時の様に針のような細切りにしていく。それをこれまた同じように水にさらした。

「ねぇ知ってる？」

「何？　またウンチク語り？」

和樹の言葉に少しトゲがある。

「そう。皮の薄い新じゃがは、皮をむかずに濡《ぬ》れ布巾でこすって皮を落とすといいんだって」

「へぇー。そんなんでちゃんと皮むけんだね」

やはり和樹の興味惹《ひ》かれる話題ではなかったようだ。

「らしいよ。俺も試したことないんだけどね」

「で、この後どーすんの？」

「水が濁ったら水替えて、それの繰り返し」

「えーめんど」

「だいたい二時間ぐらいって聞いたな」

「に、二時間もそれやんの？」

「さすがに時間かかるから、水替える時にザルの中で軽く洗っちゃおっか。それでまた水さらして……、ってやればたぶん時短になるはず」

「ちなみにそれって……」

「和樹君、」

陽平が意味深に和樹に視線を投げた。和樹はすぐに何かを察した。

「だろうと思ったよ！」

「いやー、察しがよくて助かるよー」

「やればいいんでしょ」

「水さらしてる間は自由にしてていーからさ、」

「分かったよ……」

「じゃぁ、俺はその間に他の料理作ってるから」

それから一時間半後――。

「和樹、お疲れ。それ終わったらおしまいでいいよ」

流しでじゃがいもの細切りを洗っていた和樹に、陽平が声をかける。

「よっしゃ！」

洗い上がったじゃがいもを、ザルごと陽平が受け取る。それを胡麻油《ごまあぶら》を引いて温めていたフライパンに入れた。

「酢の物なのに炒《いた》めるの？」

「そう、みたい……。まぁ、炒めて作るなます自体はそんなに珍しくはない」

「『みたい』って、陽平さん、本当に作れんの？」

「大丈夫大丈夫、想像する限りは美味くなりそうだから」

陽平は記憶のレシピを頼りに、待っている間に細切りにしておいた人参《にんじん》も加えて炒めていく。そこに酢を加え、それに続けて砂糖や醬油《しょうゆ》も加える。

「これってどこで見た料理なの？」

「確か全国の郷土料理集めた感じの本だった気がする」

「じゃぁ、これもどこかの郷土料理なの？」

「うん。長野の飯山《いいやま》とか野沢《のざわ》の方の料理」

「ふーん」

「雪深い場所で、新鮮な野菜が手に入らない冬の料理として考えられたものなんだって」

「へぇー」

和樹の反応は薄い。

「和樹、聞いてる？」

「聞いてるよ。ただ、」

「ただ？」

「お腹《なか》空いた」

「ハイハイ、出来上がったから味見していいよ」

和樹の前にいもなますを少し盛った皿を置く。

「やったー！　どんな味か楽しみ」

箸を手に取り、ゆっくりと口に運ぶ。そのまま少し難しい顔をしながら咀嚼《そしゃく》している。

一口嚙《か》みしめるごとに、その顔が明るくなっていく。

「どう？」

「不思議な感覚。炒めたのにしゃきしゃきしてるし、じゃがいもじゃないみたいな味」

「でしょ？　水でじゃがいものデンプン抜いて、お酢使うとこんな感じになるんだって」

「へぇー、面白いー！」

「少し冷ましても味が馴染《なじ》んで美味しいはずだよ」

「いや、俺は今食べたい！」

そう言って、和樹はパクパクといもなますを食べている。

二十四品目　「じゃがいもの味噌炒め」

「もう一品、郷土料理にしよっか」

「次はどこのにするの？」

「次はねぇ、福島」

「ふぅーん。どんな料理？」

「味噌《みそ》かんぷら」

「また知らない料理出てきた」

「まぁ、じゃがいもの味噌炒め？、みたいな感じよ。かんぷらってのは福島の方言で小さいじゃがいものこと」

「フツーに美味そう」

「じゃがいもと味噌って相性いいからね。結構全国にその組み合わせの郷土料理あるよ。秩父《ちちぶ》の味噌ポテトとか、長野の南信《なんしん》地方にはじゃがいもの味噌田楽とかもあったはず」

そう言いながら、陽平はじゃがいもを皮つきのまま一口大に切り分けていく。

「いつも思うんだけどさ、」

「ん？」

「陽平さんってそーゆー知識どこで仕入れてくるの？」

「うーん、もう十歳ぐらいにはそーゆー料理本読《よ》み漁《あさ》ってたから、そこで覚えた料理も多いかな。ネットで偶然見つけた料理もあるし、実際旅行に行った先で見聞きしたものとかもあるよ」

「ずっとそういうことばっか勉強してたの？」

「そうだね。料理したくても、父には教えてもらえなかったから」

和樹には、陽平がいもを切る手つきが少し荒くなった気がした。

「お父さん、料理人だもんね」

「そう」

陽平の返事はどこか素っ気ない。陽平の顔色が曇ったことを悟り、和樹はそれとなく話題を逸《そ》らす。

「……そう言えば、最近旅行行ってないね」

「そう言えばそうね」

陽平の顔色が少し明るくなる。それを見て、和樹がホッと胸をなでおろす。

「最後に行ったのは、陽平さんの誕生日の時だっけ？」

「だね。海行ったね」

「また海行きたいねー」

陽平がフライパンをコンロにかけ、温まった頃合いで胡麻油を少し多めに入れる。その中に一口大に切ったじゃがいもを入れていく。

「ねぇ、和樹」

「ん？」

「そんな気を遣わなくていーよ。別に俺機嫌悪くないし」

「え？」

陽平はとっくに和樹の変化に気づいていたのだ。

「俺のご機嫌取るようなことしなくていーよ、ってこと」

「いや、陽平さんにお父さんの話振ったの迂闊《うかつ》だったな、と思って反省してさ」

「俺、そんなあからさまに機嫌悪そうな顔してた？」

「うん、ちょっと」

「お前もそういうトコは正直だよなー」

フライパンを振りながら、陽平が笑った。

「ま、それが和樹のいいトコでもあるんだけどさ。いいんだよ？　いつも通りワガママな和樹君で」

「ねぇ、俺のことホントに褒めてる？」

和樹が頬を膨らませる。

「褒めてる褒めてる。お前といると、俺はありのままで居られるから感謝してるよ」

少し照れながら、陽平は和樹に向き合う。

「はい、この話はおしまい。さ、もう出来上がるよ」

陽平がポンと手を叩《たた》いた。

陽平はフライパンの中に、砂糖と味噌を入れた。中のいもは、既に少しきつね色に色づき始めている。調味料が焦げ付かないよう、火を弱めていもにタレを絡めていく。砂糖と味噌が溶け合い、少し飴《あめ》状になっている。最後に陽平はフライパンをゆすってまんべんなくタレを絡ませた。

「さ、出来たよ！」

いもを数切れ皿に載せ、楊枝《ようじ》を刺して和樹に渡した。

「火傷《やけど》しないでよ」

「分かってるって」

和樹がふうふうしながらいもを食べる。

「どう？」

「美味《うま》い！」

陽平は和樹の幸せそうな顔を見ながら、これからも和樹に美味い物を食べさせていきたいと思っていた。

二十五品目　「山葵のマッシュポテト」

「次は何作んの？」

「次はマッシュポテトにするよー」

陽平が鍋に水をたっぷりと入れ、それをコンロにかける。

「おー、定番じゃん」

「ま、もちろん少し俺流にするけどね」

「美味くなるなら何でもいーや」

「ま、任せとき」

陽平がポンと胸を叩いた。

鍋の水が沸いてきたのを見計らい、陽平は皮をむいて適当に切ったじゃがいもを入れ、柔らかくなるまで茹《ゆ》でていく。陽平が和樹に唐突に話を振る。

「和樹、次はどこ旅行行きたい？」

「え、どしたの急に」

「いや、さっきの話で俺も旅行行きたくなったからさ」

「陽平さん、何だかんだ一人でどっか出かけてるじゃん」

「だってお前誘っても、休日は基本家でぐーたらしてるだけじゃん」

「それが休日の正しい過ごし方ってもんでしょ」

なぜか得意げな顔で、和樹が胸を張る。

「いや、俺は基本短時間でも外に出たい派の人間だから」

「陽平さん、タフ過ぎるんだよ……」

「お前がヘタレなだけでしょ。スポーツやらしたらお前の方が上手《うま》いのに」

「ヘタレって……、ひどいなぁ」

「ま、どこか行きたいとこ考えといてよ」

陽平が冷蔵庫から小瓶を取り出してきた。小瓶の中は褐色の液体で満たされており、液の中には小指の先ほどの小さな細長いものが浮いていた。フタを開け、液の中を探るようにして陽平が細長い物体をつまみ出す。べっ甲色のそれは、菜っ葉の茎のような見た目をしていた。

「……それは？」

「山葵《わさび》の茎の酢漬け」

「山葵？」

「そう。山葵」

陽平がある程度の量の山葵の茎を取り出すと、それをまな板の上で粗めに刻んでいく。

「和樹、いもに串刺して、柔らかくなってるか見て」

「はーい」

和樹が串を手に、火傷をしないかとびくびくしながら鍋の中のいもに串を刺す。

「どう？　串すんなり刺さった？」

「もう大丈夫そう」

「おっけ。じゃぁあげよっか」

陽平は鍋を傾け、じゃがいもを豪快にザルの上にあけた。そのいもをザルを使って裏漉《うらご》ししていく。そこに少量の牛乳とバターを加え、ゴムベラを使って滑らかなペースト状にする。

塩で味を整えた後で、陽平はさっき刻んでいた山葵の茎を入れた。茎を混ぜこんだ後で、陽平は一度味見をする。食べ終わると陽平は首を傾《かし》げ、近くに置いていた醬油《しょうゆ》に手を伸ばした。醬油を一回し、いもに色がつかない量を加えてもう一度混ぜ合わせていく。混ぜ終わるとスプーンに少量取り、最後にもう一度味見をした。

「さ、これで完成」

スプーンに一口分のマッシュポテトをすくい、そのまま和樹に手渡す。和樹はスプーンごと舐《な》め取るように口に入れた。

「山葵入れると、こんな感じになるんだね」

「フツーは黒胡椒《こしょう》入れるんだけど、その代わりに山葵にしてみたの」

「ピリ辛だけどツーンとした感じはなくて、俺これ好きだわ」

「茎はそんなに辛くないしね。乳製品入れてるし」

「これ、チーズ入れても美味いんじゃない？」

和樹にしては驚くほど的を射た意見である。

「それも考えたんだけど、他でチーズ使うつもりだからやめたの」

「ふーん、何作んの？」

「それは……、まだ内緒」

陽平がいたずらっ子っぽく人差し指を唇に当てた。

二十六品目「じゃがいものお焼き」

陽平はじゃがいもをいくつか手に取り、それを皮のまま薄く切っていた。

「陽平さん、また細切りにすんの？」

陽平の手つきを見て、和樹が脇から口を挟んできた。和樹は流しに立ち、なますに使う用の細切りのいもを水洗いしている。

「そうだけど」

「まさかそれも水にさらすの？」

「いや、これはこのまま使う」

「よかったー。てっきり俺また何回も水替えて洗うのやらされるのかと思った」

「もうそれでおしまいだから、心配しなくて大丈夫」

和樹が安堵《あんど》の表情を浮かべる。言葉通り、陽平は切り終わったじゃがいもをさっと洗っただけで空のボールに入れた。

「その細切りは何にするの？」

「これは『お焼き』にしようと思ってる」

「じゃがいものおやき……、聞いたことない料理だな」

「じゃがいものガレット、って言った方が伝わるかな？」

「あーそれなら知ってる！」

「これから作るのは、それをアレンジしたレシピ」

陽平がボールに薄力粉を入れ、箸で全体を混ぜ合わせていく。そこに溶いた卵黄も加え、ダマを作らないよう更に混ぜ合わせる。

「これもどっかの本で見たの？」

「いや、これは昔、人に教えてもらった」

「ふーん、そうなんだ……」

さっきの失言を警戒してか、和樹は当たり障りのない返しをする。

「先輩の作家さんで、透瑠《とうる》さんって方」

「あー、前に陽平さん話してたことあるね。俺はお会いしたことないけど」

「お互い学生だった時代から親交のある方だけど、面白い人だよー」

「そうなの？」

「あの人はねぇ、男女の枠組みなんかでは語り切れない人。そんな単純な概念を超越した存在」

「ナニソレ？　男性と女性どっちなん？」

陽平の言葉に、和樹の目が点になる。

「見た目も身体的にも女性だけど、あの人はそんな単純な言葉で片づけられる人じゃない」

「俺にはよく分からないな……」

「お前、そういう思索的な話ホント苦手だよな」

陽平が先ほどのボールに、鮭《さけ》のフレークとざく切りにした三つ葉を入れる。

「はい、これが、この料理の肝。鮭と三つ葉で和風にするの」

「へー」

考え事をしているのだろう、和樹が生返事をする。陽平が出来上がった生地を、油を引いて温めていたフライパンに流し入れた。

「実際のところ、俺にも透瑠さんのことはよく分からないよ」

「え？」

「そりゃ他人なんだからそーでしょ。あくまでも俺も俺から見える側面しか知らないよ。常日頃から透瑠さんがそう自称してるってだけだし。俺はあの人のことを、性別という概念自体に囚《とら》われて生きてない人なんだな、って思ってるけど……」

「分かるような、分からないような……」

「ま、透瑠さんが特別ってより、人間は皆誰しもそういう側面は持ってるってことだよ」

「そうなのかなぁ……」

陽平がフライ返しを取り出し、生地をフライパンに押しつけるようにして焼いていく。

「他人から見えることでは、その人の全ては推し量れないってことだよ」

「ま、それはそうかもね」

「ねぇ、和樹」

「ん?」

「今、俺が頭の中で思い浮かべてること、当ててみて」

「うーん、『次の料理何しようかな?』とか?」

「ハズレ。『コイツ思索マジで苦手過ぎやろ』って思ってた」

「ちょっと!」

和樹が思わず声を荒らげた。陽平が片面が焼き上がった生地の天地をひっくり返す。細切りにしたじゃがいもが、網目模様のようになってこんがりと色づいている。

「所詮他人である以上、どんな相手でも全てを知ることはできないってことだよ。俺は常にそう思いながら、人と話すようにしてる」

「そうだね。ちょっと悲しい気もするけど」

「誰に対しても完璧な配慮ができる訳じゃないけど、そう推し量るクセをつけておくのは有効な気がするな」

「俺も今度から気をつけるようにするわ」

「さ、焼けたよ。難しい話につき合ってくれたご褒美」

陽平が焼き立てのお焼きを切り分けて皿に載せた。

「マジでこの数分で今日一日分の脳みそ使ったわ」

「じゃぁ、そんな君に、水切りヨーグルトをつけて食べる権利をあげよう」

同じ皿に、陽平は一すくいヨーグルトを入れた。

「やったことないけど相性いいはずだよ。食べてみ？」

和樹がヨーグルトつきのお焼きをゆっくりと口に運ぶ。

「どーよ？」

「美味《うま》いよ」

「それだけ？」

和樹の皿をひったくり、陽平も一口味見をする。サクサクとした生地とヨーグルトがよく合い、三つ葉の香味と鮭の塩気も上手く調和していた。

「あ、これかなり正解な組み合わせだったわ」

陽平が満足げな顔をする。

二十七品目　「いももち」

「陽平さん、茹《ゆ》でたじゃがいもまだ残ってるけど、これどーすんの？」

和樹がザルに残った冷めかけのいもを指差した。

「これはねぇ、次の料理に使うつもり」

「何作んの？」

「また郷土料理だよ。せっかくだから何作るか当ててみてよ」

陽平がニヤリと笑う。

「え？　いきなり何？」

「何だと思う？」

「どこの料理？」

「北海道が有名かな？　割と重めの主食系」

「うーん。俺食べたことある？」

「たぶんある」

「えー、何だろ」

和樹が腕組みをする。

「あー、やっぱ分かんない！　正解は？」

「正解は、『いももち』」

「あー聞いたことあるー！　てか食ったことあるわー」

「だろ？」

「あれって家で作れるんだ」

「意外と簡単だよ。茹でたいもと片栗粉《かたくりこ》混ぜて焼くだけ」

「へー、それだけで作れるんだ」

「うん。片栗粉もじゃがいものデンプンだし、実質材料じゃがいもだけだね」

「え？　片栗粉ってじゃがいもから出来てんの？」

和樹の初歩的な質問に、陽平がコケそうになる。

「和樹、片栗粉って何だと思ってたの？」

「うーん、あんまり深く考えたことなかったわ」

和樹は時たま、社会人とは思えぬ天然さや世間知らずを発揮するのだ。

やれやれと思いながら、陽平はボールに茹でたいもを入れてマッシュポテトと同じように潰し、粒がなくなったら片栗粉を少しずつ混ぜこんでいく。粉っぽさが消え、いもがしっとりとして一まとまりになるまでゴムベラで混ぜ、手で平べったい丸型にまとめていく。

「何かここまでだと、見た目はマッシュポテトとあんまり変わらないね」

「だね。こっから焼いてタレ絡めていくよ」

陽平は大きめのフライパンを出し、温まった頃合いで少し多めに油を引いた。フライパンの中に重ならないよういももちを並べていき、表裏を返しながら両面をこんがりと焼き上げていく。焼き色がついたら醤油《しょうゆ》に砂糖と味醂《みりん》を合わせたタレを入れ、そのまま少しとろみが出るまで火にかけて絡めていく。

「ねぇねぇ、味見させてよ」

「ダーメ」

「何でー？　できたて食べたいのに」

和樹が口を尖《とが》らせる。陽平がフライパンをコンロから下ろし、いももちを皿に盛っていく。

「一回冷やして、もう一回温めた方が美味《おい》しい気がするんだよね」

「そうなの？」

「そっちの方が粉っぽさが消えて、よりお餅っぽい食感になる気がするんだ。でも、そういう作り方してる人っていないんだよね」

「じゃぁ、まだ味見はお預けってこと？」

「少し冷やして、また夕飯の時ね」

「分かった」

いももちを並べた皿に、陽平が上からふんわりとラップをかけた。

二十八品目　「とろろ昆布とじゃがいものスープ」

「何かガッツリした物が多くなっちゃったから、次はスープにしよっか」

「やっぱりポタージュスープ？」

「さすがにこれはバレたか」

陽平が少し不服そうな顔をする。

「逆にそれしか知らないかも、」

「何かムカつくから、メニュー変えるわ」

「え？　何でよー」

「何かお前をアッと言わせるような料理作りたいじゃん？」

「ポタージュ作らないの？」

「うん。気が変わったから、今から違うの考える」

「何もそこまでしなくても……」

呆《あき》れる和樹のことは気にも留めず、陽平がその場で考えこむ。難しい顔をしながら冷蔵庫の中身や乾物を入れている棚を覗《のぞ》き、あれこれと物色していく。数分程それを繰り返し、陽平がふと何かを閃《ひらめ》いた顔をした。

「決まったの？」

「うん。作ったことないけど、この組み合わせなら美味しくなるはず」

「陽平さんさ、作ったことある料理の方が少なくない？」

「まぁ、俺レシピとか書き残さないしね。スマホでそーゆーの見てもメモしないし」

「それでよく料理作れるよね」

「んなもんセンスと長年の勘よ」

陽平が何でもないといった風に言ってのける。

「で、何使うの？」

「じゃがいもとねぇ、コレ」

陽平がじゃがいもと一緒に取り出したのはとろろ昆布の袋だった。

「え？　この材料でスープ作るの？」

「そう。これで吸い物仕立ての汁作る」

「ポタージュとは全く違うじゃん」

「そうだね。和樹、少し手伝ってくれる？」

「……何すればいいの？」

和樹が不機嫌そうな声で答える。

「フライパンでとろろ昆布を煎《い》って欲しいの」

「まぁ、それぐらいなら……」

「焦らず弱火にかけてると、じきにパラパラになってくるから、いい匂いした頃合いで止めて」

「またえらくざっくりとした指示だね」

「真っ黒に焦がさなければ何でもいいから」

「分かった」

陽平は和樹に指示を飛ばすと、じゃがいもを皮のまま一センチ程のさいの目に切り始めた。それを衣もつけず、油で素揚げにしていく。その横のコンロを使って、和樹がフライパンでとろろを煎っている。段々ととろろの端がチリチリと茶色になり、香ばしい昆布の香りが漂ってくる。

「どう？　これぐらいでいい？」

和樹が陽平の方にフライパンを傾ける。

「うん。それぐらいでいいよ」

答えながら、陽平がカリカリに揚がったじゃがいもをキッチンペーパーをしいた皿に取っていく。全て揚げ終わると、今度は三つ葉を細かく刻み始めた。それも済むと、陽平は小さめの椀《わん》を食器棚から出してきた。

「じゃ、試しに作ってみよっか」

陽平が和樹にお椀を渡す。

「え?」

「スープ」

「どうやって作るの?」

「まず、お椀にとろろを入れて」

「うん」

「そこに醤油を少し入れて、刻み三つ葉も少し入れて」

「うん」

「で、そこにお湯入れたら完成」

「……は?」

陽平の指示が理解ができず、和樹がその場で固まっている。

「あ、最後に揚げたじゃがいも入れてね」

「いやいやいやいや、陽平さんマジで言ってる?」

「うん。とりあえず飲んでみ?」

和樹の椀に陽平が湯を注ぐ。箸を手渡し、おどおどする和樹にスープを勧める。

「……どう?」

「フッーに美味い！　けど、」

「けど？」

「少し味にパンチがないかも」

和樹の言葉に、陽平が無言で椀を取り上げて一口すする。旨味《うまみ》のあるいい味だが、昆布のサッパリした味と、油気の多いじゃがいもが少しケンカしている。それを想定して陽平は吸い口に三つ葉を入れたのだが、三つ葉だけでは不十分だったようだ。

陽平は冷蔵庫を開け、中からおろし生姜《しょうが》を出してきて和樹の椀に少し入れた。

「これで飲んでみ？」

和樹がもう一度汁をすする。

「あ、もっと美味しくなった！」

「どう？　こういうじゃがいもの食べ方は知らなかったでしょ？」

「いや、さっすが陽平さん！」

見え透いた和樹のお世辞でも、褒められてついつい陽平の頬が緩む。

二十九品目 「ヤンソン・フレステルセ」

「あと二品だけど、何作るの？」

「ここまで和食中心だったから、最後の二つは海外の料理にしようかなぁー、って思ってる。生クリーム使いたいし」

「ふーん」

「一個は和樹も知ってるものだよ」

「何？」

「イタリア料理で、じゃがいもを使って作るパスタの一種」

「分かった！　ニョッキ！」

パスタ好きの和樹がウキウキで答える。

「正解。お前、ホントパスタ好きだよなぁ。で、もう一個はスウェーデン料理」

「スウェーデン？」

今度は顔を曇らせ、首を傾《かし》げる。

「そう。まぁ、これは和樹知らないかもなぁ」

「何て料理？」

「ヤンソン・フレステルセ」

「ん？　や、やんそんふれ……、何だっけ？」

聞き慣れない単語に、和樹が困惑する。上手《うま》く言えない和樹の様子に、陽平は必死に笑いをこらえている。

「ヤンソン・フレステルセ、ね」

「ナニソレ？」

「『ヤンソン氏の誘惑』って意味」

「どんな料理か想像もつかないわ」

「じゃがいもを使った料理だよ」

「そりゃそーでしょ！」

和樹が鋭いツッコミを入れる。

「ま、ちょっと変わり種のグラタンみたいな感じかな。ニョッキ後にして、こっちから作っていこっか」

そう言って陽平はじゃがいもを少し太めの細切りにし始める。玉ねぎも薄切りにし、二つをバターを溶かしたフライパンで炒《いた》めていく。先に入れた玉ねぎが透き通ってきてからじゃがいもを加え、サッと混ぜ合わせる程度で火を止める。この後でまた熱を加えるため、じゃがいもは半生の状態に仕上げてある。

「たぶん、和樹この料理好きだと思うよ」

「え、何で?」

「それは、これを使うから」

陽平がポンと偏平な缶詰を一つ、調理台の上に置いた。

「あっ、アンチョビ!」

「好きでしょ?」

「うん。アンチョビを使うの?」

「そう。アンチョビの塩気が味の決め手だからね」

缶詰の中からフィレを取り出し、細かく刻んでいく。

陽平はグラタン皿を出し、内側に溶かしバターをぬっていく。炒めたじゃがいもと玉ねぎを底に敷き詰め、その上に細かく刻んだアンチョビを散らす。そしてまたその上にじゃがいもと玉ねぎを敷く。その工程を、皿が一杯になるまで何べんか繰り返していく。

「和樹、生クリーム取って」

この生クリームは、陽平がポタージュを作る用に買っておいたものだった。汁物を急《きゅう》遽《きょ》変えたため、陽平は生クリームを使うこの料理を作ることにしたのだ。

和樹から生クリームの紙パックを受け取ると、今まで交互に重ねていた上から生クリームをたっぷり回しかけた。仕上げにパン粉と粉チーズを天面にたっぷりと散らす。

「これ、ホワイトソース用意する必要ないから楽なんだよね」

「ホントにこれで美味《おい》しくなるの？」

「クリームにアンチョビと野菜の味が溶けこんで、結構美味しくなるよ」

「この料理は前に作ったことあるの？」

「かなり前だけどね」

「珍しい」

「そんなことないでしょ」

「だって、いつも行き当たりばったりで料理してるじゃん」

ド直球の正論をぶつけられて、陽平はぐうの音も出ない。

「さ、これで百八十度のオーブンに入れて三十分ぐらいかな？」

それとなく話を逸《そ》らし、陽平がオーブンの扉を閉めた。


それから三十分後――。

両手にミトンをはめ、陽平がそっとオーブンの扉を少し開けた。その隙間から、中の焼け具合を確認する。

「よし、大丈夫そうだね」

「おぉ、どんな味になってるのか楽しみ！」

陽平がオーブンから取り出した皿の中では、パン粉と粉チーズがこんがりと色づいていた。その下からは、きつね色になったじゃがいもが顔をのぞかせている。陽平はスプーンを入れ、躊躇《ちゅうちょ》なく層を切り崩して小皿に盛りつけた。

「えー、せっかくキレイに重ねたのにぐちゃぐちゃじゃーん」

「こうした方が味が均一になるじゃん」

「そういうもん？」

「ま、食べてみなよ」

アツアツのじゃがいもと玉ねぎを、和樹が用心しながら口に運ぶ。

「美味《うま》い！　予想通りの味だったけど、めっちゃ美味い！」

「それ、感想のつもり？」

「いや、ホント美味いんだって。アンチョビ味の野菜と生クリームの相性がサイコー！」

熱いのをハフハフしながら、和樹がパクパクと食べ進めていく。あっという間に、小皿の中はすっからかんになった。

三十品目「じゃがいものニョッキ」

「最後はニョッキなんでしょ？」

「そうだよ。強力粉とじゃがいもを練って作るよ」

「ソースは？」

「まだそこまでハッキリとは決めてない」

「じゃぁさ、じゃぁさ、ブルーチーズのソースにしようよ！」

目を輝かせる和樹に、陽平が無言で冷蔵庫を指差す。

「開けろってこと？」

「チルドのトコ見てみな」

和樹がチルドの引き出しを開けると、そこにカットされたブルーチーズが入っていた。

「陽平さん、これ……」

「お前なら確実にそう言うだろうと思って。ホワイトソースとトマトソース、どっちがいい？」

「トマトソース！」

「トマトソースでブルーチーズか……。ま、何かいいの考えてみるよ」

「陽平さん、何か手伝おっか？」

現金にも、ブルーチーズを見た途端に和樹が元気になる。

「じゃぁ、そこの強力粉取って」

陽平が顔だけを背後にある調理台の方に向ける。

「はーい、持ってきたよー」

「じゃぁ、このボールの中に少しだけ入れて」

陽平の手元には、大きなボールがあり、中には茹《ゆ》でて潰したじゃがいもが入っていた。

和樹が強力粉の袋を少し傾け、ボールに粉を入れる。

「混ぜこんでいくから、また合図したら粉入れて」

「ホントにこれでニョッキになるの？」

「まぁ、見てなって」

陽平が慣れた手つきでじゃがいもと強力粉を練り合わせていく。粉っぽさがなくなったとこで、陽平は和樹に合図をした。

「さっきより、気持ち多めの量入れていいよ」

「こ、これぐらい……？」

「うん。それで大丈夫」

このやり取りを何回か繰り返し、途中でつなぎにオリーブオイルを加えながら、少し白っぽい黄色になるまで練っていく。そぼろ状だった生地は一つにまとまり、耳たぶぐらいの固さになっている。出来上がった生地を少し手に取り、陽平は一口大の少し平べったい俵型を一個作ってバットに置いた。

「さ、ここからは和樹の出番だよ」

「え？」

何が何だか理解できていない和樹に、陽平がフォークを手渡す。

「このニョッキの両面に、フォークで模様つけてって」

「あの模様ってフォークで作ってたんだ」

「そうだよ。お前ならよくパスタ見てるだろうから簡単だろ？」

「うん」

生地をちょこんとつまみ、和樹が無心に模様をつけていく。

「あと、合わせるソースもお前の好きに作っていいから」

「ホント？」

「俺が作ってもいいんだけど、その方がいいかなぁ、と思って」

「分かった！　俺に任せて！」

パスタは和樹の得意料理なのだ。陽平には敵《かな》わないものの、その腕は陽平も認めるレベルである。

「じゃぁ、とりあえずニョッキ全部成形して、茹でちゃおっか」

「うん。分かった」

和樹がフォークで模様をつけている傍らのコンロで、陽平が茹でる用の鍋を用意していく。鍋に水を張り、沸いてきたところで塩を入れる。

「陽平さん、全部終わったよ！」

「お、ちょうどいいタイミング。じゃぁ全部茹でちゃお」

陽平がバットに入っていたニョッキを、豪快に全て鍋に滑りこませた。

「どれぐらい茹でるの？」

「今鍋の底に沈んでるのが浮き上がってきて、そっから更に二分ぐらいかなぁ」

「じゃぁ、俺ソース作り始めていい？」

「あぁ。茹で上がったらザルに上げて、和樹に渡すよ」

「オッケー。よろしく」

そう言うと、和樹はフライパンを取り出し、ウキウキでソース作りを始めた。

しばらくして、陽平は茹であがったニョッキをザルに入れて和樹に手渡した。

「はい、これ」

「ありがと」

「俺、他の料理の仕上げとかしてるから、ニョッキは和樹に任せていい？」

「任せて！」

自信たっぷりな和樹の返事を聞き、陽平は他のじゃがいも料理の仕上げを始めた。冷めてしまったものは温め直され、九品の色とりどりの料理が大小様々な器に盛られていく。

「和樹、口開けて」

「ん？　何？」

突然の陽平の言葉に驚きながらも、和樹はニョッキとソースを合わせながら素直に口を開ける。

「ほら、いももちの味見」

そう言って和樹の口に、陽平が一口大のいももちを投げ入れた。

「どうよ？」

「醤油《しょうゆ》味で海苔《のり》巻いてあって、本物のお餅みたいな食感だね。でも、少しいもっぽい味がする」

「ちゃんとモチモチしてるでしょ？」

「うん、めちゃくちゃ美味しい」

不意に和樹が手を止め、爪楊枝《つまようじ》を一本手に取る。爪楊枝の先にニョッキを刺し、それを陽平の口元まで持ってくる。

「はい、俺からも味見のお返し」

「ありがと」

陽平は勧められるがままにニョッキを食べる。

「味、どう？」

「うーん、七十点ってとこかな」

「えー辛口だなー」

「ま、フツーに食べられる味だから大丈夫だよ」

「その言い方ひどくない？」

「冗談だってば。ちゃんと美味《おい》しくできてるよ。ささ、ご飯にするよー」

何事もなかったかのように軽く受け流す陽平の顔を、和樹が不服そうに見下ろした。

【第四章 とうもろこし】

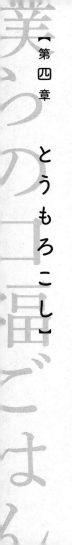

三十一品目「ピュアホワイト」

七月のある日、陽平《ようへい》と和樹《かずき》は久しぶりの遠出を楽しんでいた。

行き先は屋外型の巨大迷路である。畑に植えられているとうもろこしを迷路の壁に仕立て、その間を進むといった巨大なもので、何度か行き止まりに当たりながら二人はようやくゴールにたどり着いたところだった。

「いやー、意外と迷うもんだね」

「和樹が方向音痴なだけでしょ」

「陽平さんだって、少し迷ってたじゃん」

「それは……、そうだけど」

「でも、意外と楽しかったね」

「さ、次行くよ！」

「えー、迷路もう一回やんの？」

「いや、」

陽平の目的は他にあったのだ。陽平が和樹を引っ張っていった先には、小さな小屋が立っていた。この施設には、採れたての農産物を売る直売所が併設されていたのだ。軒先には、瑞々《みずみず》しい色をしたとうもろこしが並んでいる。その山の一角を、陽平が指差した。

「和樹、あそこの札見て」

「ピュア、ホワイト……？」

和樹がそこに書かれていた文字を読み上げる。

「聞いたことないでしょ？」

「うん」

「味見用に、一本ずつ買ってみよ！」

「え、ここ外だよ。見た感じ、調理できそうな場所もないし……」

「これはねぇ、このまま生で食べられるんだよ」

「とうもろこしも生で食べれるんだね」

「和樹、あんま驚かないんだね」

自分の想像と違う反応をした和樹を、陽平が少し訝《いぶか》しげに見る。

「まぁ、これよか遥《はる》かにゲテモノな料理食べさせられてますから」

和樹が胸を張る。

「ちょっと、言い方ひどくない？」

「生の空豆とか、じゃがいもとか……」

「まぁいいや……。とりあえず買ってくるから待ってて」

陽平は堆《うずたか》く積まれた中から良さげな物を二本目利きすると、建物の中で勘定を済ませて戻ってきた。

「はい、これ。皮とヒゲは外にゴミ箱があるって」

「ありがと」

陽平の持つとうもろこしは黄緑色の皮に包まれ、フサフサとした白茶のヒゲをたくわえていた。和樹が陽平から手渡されたそれは、ずっしりと持ち重りのするものだった。

「皮むいてみな」

言われるがままに、和樹が皮をむき始めて程なく——。

「うわ！　真っ白！」

和樹が中の実を見て歓声をあげた。その様子を、したり顔で陽平は見ている。

「どう？　驚いたでしょ？」

「うんうん」

「食べたらもっと驚くと思うよ」

皮をむかれて丸裸になったとうもろこしには、真珠のような乳白色の大きな粒がびっしりと並んでいた。丁寧にヒゲを取り、和樹がゆっくりととうもろこしにかぶりつく。和樹がかじった瞬間に、実の中から甘い汁が爆《は》ぜたように飛び出してきた。

「めっちゃ甘いじゃん！」

「でしょ？　糖度で言えば、高級フルーツ並みだからね」

「でも、味はちゃんととうもろこしだ！」

「美味《うま》いでしょ？」

「うん！　茹《ゆ》でたのとはまた違った味で面白い！」

「ま、これフツーのとうもろこしの三倍ぐらいする高級品だからね」

「え……」

一心不乱にとうもろこしを食べていた和樹の手が止まる。銭ゲバな和樹には、よく効く言葉だったようだ。

「陽平さん、二本で一体いくら払ったの？」

「それは秘密。今日はトクベツだよ？」

柄にもなく、陽平がいたずらっ子みたいに人差し指を口元に当てる。その様子に、和樹はそれ以上追及することができなかった。

三十二品目「蒸しとうもろこし」

陽平と和樹は、つかの間の休日デートを満喫して自宅に戻ってきた。

車のトランクを閉めた和樹は、とうもろこしのぎっしり詰まった段ボール箱を抱えている。それを台所の調理台に置くと、和樹は居間のソファーに倒れこんだ。

「はぁー、疲れたー！」

日向《ひなた》ぼっこをする猫のように、和樹は思いっ切り伸びをする。

「さ、鮮度落ちる前にとうもろこし調理しちゃうよ」

「えー、少し休ませてー」

和樹はソファーから意地でも動こうとしない。

「だらしないなぁ……」

「だって、帰り俺が運転したんだよ？」

「それは、和樹がじゃんけん負けたからじゃん。行きはちゃんと俺が運転したでしょ？」

「陽平さん、体力バケモノ過ぎでしょ。昨日も夜遅くまで仕事してたし……」

「だって……、仕事片づけて和樹と出掛けたかったんだもん」

陽平の口から、「もん」という普段聞き慣れない語尾が飛び出したことで、和樹はにんまりした。

「それは嬉《うれ》しいんだけどさ……、陽平さんムリしちゃだめだよ。それで倒れたらどーするの」

「大丈夫だって。もうずっとこんな感じだし」

「あのねぇ、陽平さんもう若くないんだからさぁ……」

和樹の無遠慮な一言に、陽平が少しムッとする。陽平だって内心そのことを気にしているのだ。それを年下の和樹に言われたことが、一層陽平を不機嫌にさせた。

「ま、お前もじきに分かる時がくるよ」

陽平は鼻を鳴らし、一抱えもある蒸し器をドンとコンロに据える。そのまま、蒸し器の一番下の鍋に水をなみなみと注いでいく。不気味な笑みを浮かべる陽平に、和樹は自分が陽平の触れてはいけない部分に触れてしまったことを悟った。

「よ、陽平さん、あの……」

「少し休憩したら、作業手伝ってくれるんだよね？」

「え？」

「ね？　和樹君？」

「……はぁーい」

和樹は有無を言わさぬような陽平の圧に押し切られ、力無い返事をする。

その返事を聞き、陽平は少し満足そうにとうもろこしの皮むきを始めた。陽平は一枚一枚丁寧に皮をむいていく。皮をむかれて露《あら》わになった卵色の実はいずれも大粒で、整然と列を成して並んでいる。それを惚《ほ》れ惚《ぼ》れしながら眺めつつ、陽平はヒゲを残さないようにむしっていく。

それから十分程して、ソファーで寝ていた和樹がようやく台所にやってきた。

　和樹は無言で台所の端に置いてあった踏み台に腰掛けると、そのまま飽きもせずに陽平の手仕事をジッと見ている。陽平の横では、蒸し器がか細い湯気を上げ始めていた。

「……とうもろこし、蒸すの？」

「そう。丸のまま」

「茹でるんじゃなくて？」

「こっちの方が美味しくなるから」

「え？　めんどくない？」

「お前なぁ……」

「そんなに味変わるの？」

　ついさっき陽平を怒らせたばかりだというのに、相変わらず和樹の言葉には遠慮がない。

「まぁ、それなりに。あと、栄養が逃げない。今日は上物が手に入ったから蒸し器使うけど、別に茹でても作れるよ」

　集中して手を動かしている陽平の言葉は素っ気ない。

「てか何なら電子レンジでもできるし」

「へぇー、レンチンできるんだ」

「俺も一本とか二本だけの時はレンチンしちゃう」

「へぇー」

「あのー、そろそろ代わって欲しいんだけど？」

和樹の顔を見ながら、陽平がチクリと言う。

「分かったって」

和樹がゆっくりと踏み台から立ち上がる。

「俺がとうもろこしむけばいいのね？」

「そう。ヒゲと皮はそれぞれ目の前のポリ袋に入れてね？」

「はーい」

和樹が指示された通りにゆっくりと作業を始める。調理台の上には、もうすでに処理されたとうもろこしが何本も積まれている。それを陽平が手に取り、沸騰した蒸し器の中に並べていく。

「あのさ……、ちなみにこれあと何本やるの？」

蒸し器のフタを閉めた陽平に、和樹が恐る恐る訊《き》いた。

「え？　全部だけど？」

さも当然かの様な口ぶりで陽平が答える。

「……段ボール全部？」

「もちろん」

「やっぱりかぁ、」

和樹がガックリと肩を落とした。

「さ、蒸してる間に俺も手伝うから、さっさとやっちゃお」

陽平が再び皮むきを始め、手を止めている和樹を促す。

「ま、そんな気がしてたよ……。空豆の時もそうだったし」

和樹がまたノロノロと手を動かし始める。脇に立つ陽平は、テキパキと皮をむいていき、その合間に蒸し器のとうもろこしの蒸《ふ》かし具合も見ている。

上下を返しながら十分程蒸したところで、陽平はとうもろこしを蒸し器から取り出した。

「ほら、エサだよぉー」

陽平が茶化しながら、和樹の前に蒸したてのとうもろこしを載せた皿を置く。

「エサって……、俺のことペットか何かだと思ってる？」

「実際そんな感じじゃない？　俺の家転がりこんできて、俺に餌づけされてるんだから」

「ひどい言われようだなぁ」

「まぁ、どうせ飼うなら、もう少しお利口さんなペットにするけどね」

「あっ、陽平さんヒドい！」

「さ、火傷《やけど》しないように召し上がれ」

「そうやって話逸《そ》らさないでよ！」

「じゃぁ、いらない？」

試すように、陽平が悪い顔をして言う。

「いや、食べるけどさ……」

和樹が不機嫌そうな顔でとうもろこしに手を伸ばす。

「うわっ、あっつ！」

「だから気をつけろって言ったのに……」

陽平の言葉も意に介さず、和樹はふうふうしながらとうもろこしにかぶりついた。その横で、陽平も蒸しとうもろこしに手を伸ばす。

「これ、甘くて美味《おい》しい！　味が濃いね」

和樹がそう言ってふと横を見ると、陽平は何やら不思議な手の動きをしている。

「え、陽平さん何してんの？」

「あぁ、これのこと？」

「そのまま食べないの？」

「この方が食べやすいからね」

「へぇー」

和樹は見慣れない陽平の所作を訝《いぶか》しげに見ていた。

三十三品目「焼きとうもろこし」

相変わらず和樹は、陽平の不思議な動作に釘《くぎ》づけになっていた。よく見ると陽平は、とうもろこしの粒を一粒ずつ手でむしっているようだった。一粒取り終えるとそのすぐ下を取り、またそのすぐ下を、といった感じで、陽平はあっという間に丸々縦一列分のとうもろこしを取り切ってしまったのである。その下に置かれた皿の上には、黄色い粒がこんもりと山になっていた。

「陽平さん、それめんどくないの？」
「だって、かぶりついたら歯に挟まるじゃん」
「まぁ、確かにそうだけど」
「こうすると、形が崩れないんだよ」

確かに陽平の言葉通り、皿の上のとうもろこしはどれも根元から切り離され、粒の形を保っている。

「でも、これ全部手で取るの？」
「いや、一列取れば後は簡単だよ」

陽平はそう言うと、キレイに取り去った列のすぐ隣の粒を取った。

「こうやって空いてる列の側に倒すような感じで力かけると、他の粒は全部ポロっと取れるよ。何なら五個ぐらいまとめて取れる」

「へぇー」

面白いぐらいにポロポロ粒が取れていく様子に、和樹は感心しきりである。その間に、早くも陽平は一本分の実を全て取り終えている。むき終わったばかりの粒を一口味見をし、陽平は満足げな表情を浮かべた。

「さ、和樹、これでやり方分かったでしょ？」

「え、まさか……」

和樹の顔が曇る。

「うん。後で和樹にもやってもらうから、よろしくね」

「まだ皮とヒゲ取ってる最中なんですけど……」

「だから、それ全部終わってから。俺がどんどん蒸してくから」

「蒸し上がったのをむいていけと？」

「そう！　いやー、物分かりがよくて助かるわー」

「そ、そんなぁ」

今度は肩を落とすだけでなく、和樹はその場にガックリとしゃがみこんだ。

「どーせ陽平さんのことだから、まーた全部むけって言うんでしょ」

「まぁ、そうだけど、」

「これじゃぁ、陽平じゃなくて『鬼平』だよ！」

「何だそりゃ？」

楽しげに笑いながら、陽平は首を傾《かし》げる。

「鬼みたいに仕事させるから、鬼平！」

「そういうことね。和樹にしては難しいこと知ってるなぁ、と思ったら」

「というと？」

「鬼平ってあだ名の人、歴史上の人物でいるんだよ」

「実際にいたんだ」

「そう。長谷川平蔵《はせがわへいぞう》って言ってね」

「ふーん」

和樹のいかにも興味なさげな反応に、陽平は少し肩透かしを食らったような気分だった。

「次、焼きとうもろこしにするんだけどさ、」

「おぉーっ、絶対美味《うま》いヤツじゃん！」

さっきとは打って変わり、和樹が目を輝かせて食いついてきた。

「で、やっぱり和樹は丸のままで食べたい？」

「陽平さん、粒の状態で作るつもりなの？」

「そっちの方が作りやすいし、俺はいつもそうしてるから……」

「焼きとうもろこしはやっぱり丸かじりするもんでしょ！」

「じゃぁ和樹用に、丸のままでも作るか」

「よっしゃー！」

「その代わり、頼んだ分よろしくね」

「分かったよ……」

和樹がまた皮むきを始める。その横で陽平は再び蒸し器にとうもろこしを入れ、蒸かしている間に焼きとうもろこしを作っていく。

和樹用に蒸したのを丸のまま二本、魚焼きグリルに入れ、何度も醤油《しょうゆ》を塗り重ねながら表面に香ばしい焼き色をつけていく。

「うわぁー、グリルからめっちゃいい匂いする」

「でしょ？　もうすぐできるよ」

「できあがったらすぐ味見していい？」

「ハイハイ、分かってるって」

和樹の分を焼きながら、陽平は自分用にとうもろこしの粒をフライパンで炒《いた》めている。醤油を回しかけ、少し焦がしたところでそれを皿に取った。和樹の分もグリルから取り出し、丸のままドカンと別の皿に載せた。

「さ、できたよ！」

「じゃぁ、さっそく味見しよーっと」

和樹が丸のままのとうもろこしの方に手を伸ばし、豪快にかぶりついた。その横で陽平は粒の方の焼きとうもろこしをスプーンですくって食べている。

「和樹、味どう？」

「醤油ととうもろこしの味！　お祭り行きたくなる」

あまりに雑な感想に、陽平は肩を落とす。

「そうじゃなくて……、もっと他に味の感想ないの？」

「うーん、やっぱこの味だわ、って感じ。昔食べたの思い出す」

「何かフワッとしてるなぁ」

「甘じょっぱい味で、フツーに美味いよ！」

「あ、フォローありがとね……」

和樹は手や口元が茶色に汚れるのも構わず、無邪気に焼きとうもろこしをかじっている。

陽平は和樹の食レポに少し物足りなさを感じながらも、その様子を楽しげに眺めていた。

三十四品目「とうもろこしのヒゲのサラダ」

「まったく……、子どもじゃないんだから、こんなに汚さないの」

小言を言いながらも、陽平は甲斐甲斐《かいがい》しく和樹の指先を拭っていた。

「えー、だってー」

「こうなるから俺、丸かじりするの嫌いなんだよ」

「ここまで含めて焼きとうもろこしのお約束みたいなもんでしょ」

「まぁそうだけど……。ほら、少ししゃがんで」

陽平はタオルで和樹の口元をゴシゴシと拭いていく。和樹は腰をかがめて、大人しく陽平のされるがままに任せている。

「はい、終わったよ」

「ありがと、陽平さん」

「まったく……、これぐらい自分でやりなさいよ」

「だってぇ、陽平さんがやってくれるから」

和樹がすかさず陽平に甘えようとする。

「俺、お前のこと甘やかしすぎたかな。今度から全部自分でやらせよ」

「そんなぁ」

「さ、次の料理作るよ！　次は俺一人で大丈夫だから、和樹はとうもろこしをむくのお願い」

「えー、またあれやるの……」

「焼きとうもろこし食べたら、続き全部やるって言ってたよね？」

「俺、そんなこと言ってない！」

「チッ……バレたか」

陽平が少し悪い顔で舌打ちをする。

「もう、抜け目ないんだから……」

「ゴメンって。でも、和樹は優しいからちゃんとやってくれるんだよね？」

「ま、まぁ、他ならぬ陽平さんの頼みなら……」

その手には乗るか、といった感じで身構えていた和樹だったが、その表情はまんざらでもない様子である。結局、チョロい和樹はまんまと陽平の口車に乗せられ、再びとうもろこしの皮むきを始めるのだった。

陽平もその横で次なる料理の支度を始める。

「これ、ちょっともらうよ」

そう言って陽平は和樹の目の前に置かれたポリ袋に手を突っこんだ。その袋は、陽平が指示をして皮むきの時に出るヒゲを集めさせていたものだった。さすが新鮮な上物を買ってきただけあって、ヒゲも色鮮やかな翡翠《ひすい》色をしている。

「それ、何に使うの？」

「料理に使うの」

「飾りか何か？」

「いや、これを食べるの」

「えっ、食べれるの？」

思わず和樹が手を止める。

「俺、ちゃんといつも食べられる物しか作ってないじゃん」

「そうだけど……」

「とうもろこしのヒゲ茶って、聞いたことない？」

「あー昔そんなのも流行《はや》ったねー」

「昔って……、地味にその言葉刺さるからやめない？」

陽平が少し渋い顔をする。最近、己が年を重ねていることを如実に実感させられることが多いのだ。

「だってあれ、CMやってたの俺が小学生とかの頃でしょ？」

「お前、よく覚えてんな」

「あぁ、何か思い出してきた。韓流スターが出てたよね？」

「そうそう、元々韓国のお茶だからね」

「あっ、そうなんだ」

「後でそれも作るよ」

陽平は一摑《ひとつか》みヒゲを手に取ると、まな板に載せて先端の茶色くなった部分を切り落とした。黄緑色の部分だけをボールに入れ、胡麻油《ごまあぶら》と中華風ドレッシングを少量垂らして菜箸で混ぜ合わせていく。

「陽平さん、もしかしてまた生で食べるの？」

手を動かしながら陽平の作業を見ていた和樹が口を挟む。

「そうだよ。ヒゲのサラダ」

「ヒゲの……、サラダ？」

「一口食べてみ？」

陽平が有無を言わさず菜箸で和樹の口にサラダを放りこむ。和樹は口に入れられたサラダをむしゃむしゃと咀嚼《そしゃく》している。

「そのままもう少し噛《か》んでみて」

和樹が一瞬ハッとした顔になり、そのまま一口一口噛み締めていく。

「どう？」

「始めはヒゲから何も味しなかったのに、噛んでたら甘い味がした。とうもろこしの実みたいな」

「でしょ？　意外と美味《おい》しくない？」

「美味いんだけど、あんま食べた気がしない……」

「そっかぁ、」

陽平がガックリと肩を落とした。

三十五品目「とうもろこしのヒゲのお浸し」

陽平は一人、ヒゲのサラダを味見していた。

少し酸味のある甘辛い味が、ヒゲのプチプチとした歯触りとよく合う。そのまま陽平がゆっくりと咀嚼していると、じんわりと滋味あふれるほのかな甘みが染み出してきた。その甘みを舌全体で味わいながら、陽平はゆっくりと飲み下した。

「陽平さん、それそんなに気に入ったの？」

和樹が手を動かしながら陽平の顔を見る。

「え？　だって美味しくない？」

「まぁ、不味《まず》くはないけど……」

「やっぱり和樹には薄味なんだ？」

「ま、まぁ……」

ズバリ言い当てられて、和樹が苦笑する。

「次、これでお浸し作ろうと思ってるんだけど……」

「お浸し？」

「うん。サッと湯がいて、出し汁で食べたら美味しそうだなぁ、と」

「確かに」

「じゃぁ、お浸しで決まりね。俺支度するから、和樹は頼んだ作業終わらせちゃって」

「うん、分かった」

「もう今やってる分で皮むき終わりでしょ？」

「まぁ、そうだけど」

つべこべ言いながらも、和樹はもうあらかたのとうもろこしをむき終わっていた。その内の半分ほどは、既に蒸し上がった状態で皿の上に積まれている。

「よし、じゃぁそれむいちゃって、そのまま蒸して。あ、四本だけ蒸さずに残しといてね」

「ホント、人使いが荒いんだから……」

「だって、こうやって俺と話しながら台所いるの楽しいだろ？」

「うーん、楽しいけど、疲れる」

「今日は今頼んでる作業以外は頼まないから」

「ホント？」

和樹の顔がパッと明るくなる。

「ホント。だから最後までキチンと頼むよ」

「はぁーい」

和樹の間延びした返事が、昼下がりの台所に反響した。


和樹が皮むきを全て終えたところで、陽平はヒゲの下処理を始めた。こんもりと山のようになったヒゲを、順繰りに包丁で茶色い部分だけ切り落としていく。

全てを切り終えると、陽平はヒゲを二摑《つか》みほど取り、鍋に沸かしていた湯の中にパッと放った。その刹那、ヒゲの色が淡いライムグリーンに変わる。ものの数十秒で湯から上げ、冷水に取って充分に粗熱を取ると、固絞りにして一口大のざく切りにしていく。それを今度は、予《あらかじ》め用意しておいた出し汁の入ったボールに入れる。和樹の意見を尊重して、出し汁は薄味ながら塩気を少し濃くしてある。昆布の出汁《だし》に味醂《みりん》と塩を入れ、醤油《しょうゆ》を少し垂らしたものだ。ヒゲ自体にほのかな甘みがあるので、少し塩気のある出し汁とも問題なく合うだろうと計算した上でのことである。

ヒゲにまんべんなく出し汁を絡ませたところで、陽平は一口味見をした。予想した通り、塩気は少し強めだが、ヒゲの甘みを損なわない味に仕上がっていた。このまま冷蔵庫で冷やせば、より塩気を強く感じるようになるはずである。さすがにこれなら和樹の口にも合うだろうと、陽平は心の中でほくそ笑んだ。

「陽平さん、できあがったの？」

和樹がとうもろこしの粒をむしる手を止める。

「味見するでしょ？」

和樹が無邪気に頷《うなず》く。それを見て、陽平はいつものように和樹の口に箸で一口分放りこむ。

「……どうよ？　味は」

「うん、これ美味《うま》い！」

「味、濃くなってるでしょ？」

「うん。これなら大丈夫！」

「ちゃんと計算したからね」

「この甘じょっぱい味の組み合わせ……、焼きとうもろこしに近いかも……」

「あー、確かに！」

予想だにしなかった的確な感想に、陽平は目を見開いた。昔に比べて、確実に和樹の舌が肥えてきている。

「さ、俺も手伝うから、蒸し上がったとうもろこしの粒全部むしっちゃおう！」

「オッケー」

陽平が蒸し上がったとうもろこしを手に取る。それを見て和樹もやりかけだったとうもろこしを手に取り、二人並んで作業をしていく。

陽平に教えられて、とうもろこしをむしる和樹の手つきも慣れたものになりつつある。

三十六品目「とうもろこしのかき揚げ」

「さ、ようやく全部終わったね！」

「まったく……、一生分のとうもろこしむしらされたよ」

二人の前に置かれた一抱えはあるボール一杯に、むしられたとうもろこしの粒が黄色い山になっている。

「さ、ここからが本番だよ」

「えー、俺は休んでていい？」

「ま、約束したものはしょうがないね。お疲れ様」

やれやれといった表情で、和樹がいつもの踏み台に腰かける。

「んで、次は何作んの？」

「うーん、次は揚げ物にしようかな……」

「揚げ物？」

「うん。ここまで作ったのが五品でしょ？」

「え、まだ俺四つしか食べさせてもらってないよ」

「向こうで生のまま丸かじりしたじゃん」

「えー、あれ料理って言うかぁ？」

何故《なぜ》か和樹が不服そうな顔をする。

「いいじゃん、美味しかったんだし」

「何かズルい気がするんだよなぁ……」

やはり和樹の中では、どこか納得いかないものがあるらしい。

「生の空豆だって一品に入れたんだから、同じようなもんでしょ」

「ま、そういうことにしておきますか」

「食べさせてもらってる立場で、生意気だなぁ」

「だって俺、ちゃんと手伝ってるもん！」

「ハイハイ。で、和樹は何食べたい？」

陽平が和樹の抗議をさらりとかわす。

「とうもろこしで揚げ物でしょ……、うーん、さつま揚げにとうもろこし入ってるヤツしか知らないなぁ」

「お前それ、居酒屋で食べたんだろ？」

「あっ、やっぱバレました？」

「お前らしいな」

陽平がくすりと笑う。

「揚げ物じゃないとダメなの？」

「うーん、なるべくなら十品の中に色んな調理法入れたいからなぁ……。ちょっと調べてくる」

「陽平さん、どこ行くの？」

和樹の呼びかけにも答えず、陽平は前かけ姿のまま書斎の中に入っていく。そうかと思えば、数分後には一冊の本を手に何事もなかったかの様な顔で戻ってきた。

「よし、決めた。天ぷらにする」

「天ぷら？」

「まぁ、正しくはかき揚げかな」

「とうもろこしのかき揚げ？」

「そう」

陽平は蒸してバラバラにしておいた粒をボールに集め、それに薄く薄力粉をまぶしていく。

それとは別のボールに天衣も用意し、できあがった天衣を少しずつとうもろこしのボールに加えていく。その横のコンロには、もう既に揚げ油の鍋が支度されている。

ボールの中の天ダネを切るようにして混ぜ合わせていき、陽平は穴の開いた玉杓子《じゃくし》でタネをすくい上げた。杓子で余分な衣を落としつつ、温度の上がった油の中にタネをゆっくりと流し入れていく。

「うわぁ、音だけで美味そう……」

音に釣られた和樹がむっくりと立ち上がり、鍋の中をのぞこうとする。

「まだ食べれないからね？」

「分かってるってば」

「ほら、油跳ねるから大人しく……」

そう言いかけた陽平の腕に、油が跳ねた。陽平はほんの一瞬だけ顔を歪《ゆが》めたが、すぐに飛んだ油を拭き取り、平然と調理を続けていく。

「陽平さん、」

「ん？」

「熱くないの？」

「うん……、まぁ、別に」

陽平はかき揚げの縁を菜箸で軽く突いている。端が固まっているのを確認したら天地をひっくり返し、出てくる泡が小さくなるまで揚げていくのだ。実が爆発しないように火加減を注意しながらも、やや高めの温度で手際よく仕上げるのが食感をよく仕上げる肝なのである。

「手当てしなくていいの？」

「そんな大げさな……。この程度なら大丈夫だよ」

「でも……」

心配する和樹をよそに、陽平は次々と同じように何個もかき揚げを作っていく。

とうもろこしを入れていたボールが空になると、今度はヒゲと実の両方をボールに入れた。先ほどと同じように薄力粉を薄くまぶし、天衣をまとわせる。

菜箸を玉杓子に持ち替えて、陽平はまた油の中に一個ずつかき揚げを落としていく。ヒゲの食感が活《い》きるよう、今度は先ほどよりも少し薄めに広げてある。薄衣に仕上げられたかき揚げは、いずれもとうもろこしの鮮やかな黄色が際立っていた。

「さ、できたよ。半分はヒゲを混ぜてみた」

「食べていい？」

「どーぞ」

箸を手渡された和樹は、まず実だけの方のかき揚げを味見する。和樹が一口嚙《か》んだ瞬間、かき揚げからサクッという小気味いい音がした。

「やっぱこのとうもろこし甘いね！　サクサクで美味《おい》しい！」

「さ、ヒゲ入れた方も味見してみて」

促されるままに、和樹は立て続けにもう一枚かき揚げを味見する。

「……どうよ？」

「こっちは『パリパリ』って感じだね。嚙むところによって実が出てくるのがいいね」

大方陽平が予想していた通りの、単純な感想が返ってきた。

そのことに少し張り合いのなさを感じつつ、陽平は満面の笑みで食べ進める和樹を見ていた。

三十七品目　「とうもろこしの擬製豆腐」

「陽平さん、次は何作るの？」

「うーん、まだ決めてないんだよね」

「さっき見てた本は？」

「あぁ、それ？」

陽平が背後の調理台に置いてあった本を指差す。

「昔買った料理本だよ。読みたければ読んでいいよ」

和樹が試しに手に取り、パラパラとページをめくる。が、料理人向けの活字だらけの料理本に、和樹はろくに目も通さずに本を閉じてしまった。

「いや、遠慮しとくわ」

「和樹、ホントに活字苦手だな」

「だって、料理本なのにほとんど文字しか書いてないんだもん」

「その本古いからなぁ。でも、昔の料理本とかみんなそんな感じだよ」

「へぇー」

「ねぇ、次メイン作るけど、肉と魚ならどっちが食べたい？」

「うーん、どっちでもいいや」

それが一番困るんだよ！と陽平は一人心の中でツッコミを入れる。

「んで、どっちなの？」

「うーん、どちらかと言えば肉の気分かな」

「珍しいね」

無類の魚好きの和樹なのである。

「確かにそうかも」

おもむろに陽平は冷蔵庫を開け、中に入っている食材を確認した。一通り確認すると、陽平は一度冷蔵庫を閉めた。

「よし、作ったことないけど、俺が考えた料理作っていい？」

「ダメって言っても作るんでしょ？」

「まぁ、ね」

「で、何作るの？」

「とうもろこしの擬製《ぎせい》豆腐」

「ぎせーどーふ？」

聞いたことない言葉に、和樹は首を傾《かし》げる。

「豆腐料理の一種だね」

「肉料理じゃないの？」

「豆腐ベースだけど、鶏《とり》のひき肉入れるよ」

「どんな料理か想像つかないわ」

「かき揚げが結構油っこかったから、次はサッパリとした感じで」

陽平はさっきまで使っていた蒸し器をもう一度コンロに据える。底の鍋に、なみなみと水を注いでいく。

「またそれ使うの？」

「本当は焼いて作る料理なんだけど、今回は蒸しちゃおうと思って」

「えーめんどくさそー」

和樹の抗議を気にも留めず、陽平は調理台の上に必要な食材を並べていく。主となる豆腐や鶏ひき肉の他にも、陽平は人参《にんじん》や椎茸《しいたけ》など冷蔵庫に残っていた野菜も一緒に並べている。

「さ、これで全部かな」

「俺はもう今日の分は働いたからね」

「これも俺一人で作れるから大丈夫。ただ、」

「まさか……」

「残ったヒゲ、全部フライパンで乾《から》煎りにしといて」

「えっ、ヤダ」

食い気味に和樹が言う。

「さっきお茶作るって言ってたじゃん」

「いや、俺はそんなこと絶対聞いてない！　いーや、全く聞いた覚えがない！」

「あと、残しておいた皮も、適当な大きさに切ってから煎っちゃって」

陽平は和樹の言葉に耳を貸す気はない。

「えー、皮なんか何に使うのさ」

「それは後のお楽しみ」

「全然楽しみじゃないんですけど！」

「急がないし、ゆっくりでいいからさ……」

「『今日はもう仕事頼まない』って言ってたじゃん！」

いつもならぶつぶつ言いながらも素直に従うのに、今日はやけに強情だ。やはり長距離運転して本当に疲れているのかもしれない。

「……わーったよ。俺が自分でやる」

仕方なく陽平が折れ、まな板でとうもろこしの皮を切り始めた。形を揃《そろ》える必要はないので、陽平は適当なざく切りにして皮をボールに放りこんでいく。それを切り終えると、今度は擬製豆腐の下ごしらえを始めた。

野菜や椎茸を全て細切りにし、それをひき肉と一緒に胡麻油《ごまあぶら》を垂らしたフライパンで炒《いた》める。その合間にボールに卵を二つ割りほぐし、重しをして水を抜いた木綿豆腐を一丁丸々加えてゴムベラで練り合わせていく。油炒めに火が通ったら火から下ろし、それもボールの中に加えて醬油《しょうゆ》や味醂《みりん》などの調味料と共にさらに混ぜ合わせていく。その様子を、いつものように和樹は飽きもせず踏み台に座って見ている。

「本当に疲れてるなら、ソファー行っててていいよ」

「いや……、ここにいる」

「それなら手伝ってほしいんだけどな」

「それはヤダ」

「わがままだなぁ」

陽平は調理器具をしまっている棚から正方形の流し缶を取り出すと、サッと水にくぐらせた。ステンレス製のこの器具には中底がついていて、それを持ち上げることで形を崩さずに中身を取り出すことができるのだ。

流し缶の底一面にむいたとうもろこしを敷き詰めると、陽平はその上に先ほど作った生地を流し入れた。流し缶の底に溜《た》まった気泡を抜き、湯気の出てきた蒸し器の中に水平を保ったままそーっと置く。水滴が擬製豆腐に落ちないようフタをタオルで包み、陽平はゆっくりと蒸し器のフタを閉めた。

「卵が固まるまでだから、十五分もすれば蒸し上がるかな」

小さなため息をつくと、陽平は休む間もなく小さめの鍋を引っ張りだし、擬製豆腐にかける醬油あんを作っていく。小鍋で醬油《しょうゆ》を入れた出し汁を煮立たせ、水溶きの片栗粉《かたくりこ》でとろみをつけると、仕上げにおろし生姜《しょうが》を少量加えてコンロの火を止めた。

それから十分後——。

陽平は再び蒸し器のフタを開け、擬製豆腐に竹串を刺した。刺した跡から、透明な汁が染み出してくる。中まで充分に火が通っている証拠だ。

陽平はミトンをはめ、火傷《やけど》に気をつけながら流し缶を取り出した。少し冷ましてから縁に包丁を入れ、中底を持ち上げる。淡い黄色の生地の中に、所々オレンジや黄色の具材の色が見えた。

形を崩さないように底にも包丁を入れ、豆腐の天地をひっくり返すと、鮮やかなとうもろこしの粒が天面に所狭しと並んでいた。

「よし！　上手《うま》くいったね。和樹も見てみてよ」

「うわぁ、キレイだね」

思わず感嘆の言葉をもらす和樹に、陽平は満足げな表情を浮かべる。

「さ、切れ端食べてみな？」

包丁で切り分けたそばから、陽平は手づかみで擬製豆腐を和樹に渡す。

「あんが鍋に入ってるから、それ少しつけてみな」

言われた通りに、和樹がスプーンであんを少しかけてから切れ端を口に入れた。

「どうよ？」

「……豆腐って名前だけど、結構味しっかりしてるんだね。とうもろこしの甘さとか肉の味もするし、食べ応えある」

「だろ？　どーよ、俺が即席で考えた料理は」

「美味《うま》い！」

和樹の言葉に、陽平は浮かれていた。

三十八品目「とうもろこしの味噌汁」

「さ、次は郷土料理シリーズ」

「いつからそんなシリーズ始まったの？」

「いや、何となく気分で。じゃがいもの時も郷土料理作ったし」

「そういえばそうだったね」

「厳密に決めてる訳じゃないけど、海外の料理とかより、なるべく日本の料理を取り入れるようにしてるよ。今回は山形の庄内《しょうない》地方の料理」

「ふーん」

「ねぇ和樹、実験につき合ってくれない？」

「なに？　また何かさせられるの？」

疲れ果てた和樹が嫌そうな顔をする。

「大丈夫。ただソファーで寝ててくれればいーだけだから」

「は？　それが実験？」

「今から俺が一品作るから、その間台所に入ってこないでってこと」

「また俺変なもの食わされんの？」

「大丈夫。そんなことないから」

「陽平さんの大丈夫は信用ならないからなぁ……」

和樹が胡散臭《うさんくさ》そうな目で陽平を見る。

「さ、二十分もかからないだろうから、その間テレビでも見ててよ」

そう言って陽平は半ば強引に和樹を台所から追い出した。

陽平は和樹を追い出すと、最後まで残しておいた生のとうもろこしを取り出した。

それを輪切りにし、鍋で水からじっくりと炊いていく。とうもろこしが煮えてきた頃合いで、味噌《みそ》をやや控えめに溶き入れる。

できあがった味噌汁を一口味見して、陽平は目を見開いた。噂《うわさ》通りエビの頭で取った出汁《だし》と感じなくもない、野菜とは思えないような豊かな香味を持った味だった。何とも面白い味だと思った。きっとこれなら、和樹はまんまと引っかかるに違いない。

「和樹、もういいよー」

陽平は鍋にフタをして、和樹がやってくるのを待ち構えていた。


「和樹、もういいよー」

二十分ほど経《た》って、陽平は和樹を呼んだ。ソファーで寝転がっていた和樹がむっくりと起き上がり、少し不機嫌そうな顔で台所にやってくる。和樹とは対照的に、陽平はニコニコしている。

「もー何なのさ」

「このお椀《わん》にある汁、味見してみて」

調理台の上には椀が一つ置かれており、中には茶褐色の具なしの汁が少量入っていた。

和樹が鼻をひくつかせて匂いを嗅ぐ。

「これは……、味噌汁？」

「とりあえず味見してみて」

促されるままに、和樹が椀に口をつける。

「何の味がする？」

「え、とうもろこしじゃないの？」

「俺がとうもろこしで料理作ってるからそう言ってるんでしょ。他にも味しない？」

「うーん、何だろう……」

「じゃぁこの汁、何で出汁取ったか分かる？」

本当に見当がつかないのだろう、和樹は腕組みをして唸《うな》っている。少し思案した後、和樹はもう一度汁を口に含んだ。

「……分かった？」

「強いて言うなら……、何か海鮮系……、でもいつもより薄くて、全然違う味」

「ほぉ……」

「陽平さん、答えは？」

陽平は無言のまま脇にあった鍋のフタを取る。

「あっ、やっぱとうもろこし入ってたんじゃん！」

鍋の中にはとうもろこしの輪切りが浮いた味噌汁が入っていたのだ。

「でも、出汁を取った食材までは見抜けなかったね」

「結局何だったの？」

「とうもろこし」

「え？　具じゃなくて出汁の話だよ」

「だから、とうもろこしで出汁を取ったの」

「言ってる意味がよく分からないんだけど」

「水の状態から生のとうもろこしを煮て、出てきた旨味《うまみ》を出汁の代わりにしたの」

さっきの椀に、陽平が汁ととうもろこしを入れる。

「さ、今度はとうもろこしも一緒に食べてみなよ」

「うん」

輪切りのとうもろこしを、和樹は箸を使って食べにくそうにかじっている。

「甲殻類は一切使ってないけど、実際この料理はそういう味がするって言われてるんだよね」

「へぇー」

「だからそれを実験したくて、和樹に協力してもらったの」

「見事にだまされたわ」

「味は？」

「甘みがあって美味いよ。とうもろこしからこんなに味が出るんだ、ってびっくりした」

「じゃぁ、実験成功ってことかな」

「そうね」

「少し煮込んだ方が美味《おい》しいらしいから、ヒゲとか他の野菜も足して一緒に入れちゃおっか」

「いいんじゃない。美味そうで」

和樹らしい適当な物言いだ。だがそれすらも、陽平には愛おしく感じられる。

三十九品目「とうもろこし茶のゼリー」

陽平は先ほど切ったとうもろこしの皮をフライパンで乾煎《から》りにしていた。

「陽平さん、それ何に使うの？」

和樹ができたての擬製豆腐を食べながら、不思議そうにのぞきこむ。

「何って……、食べるんだよ」

「それ皮だよ？　動物じゃないんだからさ」

「もちろんこのままは食べないって。これでお茶作るの」

「お茶？」

「ヒゲとか皮を煎って、それを煮出すの」

「ふーん」

「あのー、和樹さん」

「な、何でしょうか？」

和樹さん、と呼ばれて、和樹が少し身構える。

「それ召し上がってからでいーんで、お米だけ研いでいただけます？」

「ハイハイ」

和樹が空になった味見用の小皿と箸を置き、ゆっくりと米を研ぐ支度を始める。

陽平がゆするフライパンの中の皮はほんの少し焦げ目がつきはじめている。黒焦げにならないよう火加減に注意しながら、ほどよい色がついた頃合いで適当な皿に取る。皮と入れ替わりに、今度はヒゲを同じフライパンできつね色になるまで煎っていく。

「陽平さん、お米はいつも通り三合でいいの？」

「うん、それでお願い」

「はーい」

和樹が慣れた手つきで米を量り、陽平に教えられた通りにザルを使って米を研いでいく。料理は専ら陽平がしているが、米研ぎは普段から和樹に任せることが多いのだ。

黄緑色だったヒゲが段々とチリチリになり、カラカラと乾いた音が鳴るようになってくると一気に焦げ目がつきやすくなる。陽平はギリギリを見極めながらフライパンをゆすり、焦げる寸前で火を止めた。

「研ぎ終わったよー」

「ありがとー。こっちも終わったトコ」

「そんなんでお茶作れるの？」

「これを鍋で煮出したら、ちゃんとお茶になる……、はず」

「またテキトー？」

「大丈夫だってば」

「いやだから、陽平さんのその言葉は信用ならないんだってば」

陽平は笑ってごまかしながら、鍋をコンロに置く。その中に今しがた煎った皮とヒゲ、生のままの芯も数本入れ、それらがかぶるぐらいの水を注ぎ入れた。

「かき揚げ作った時に芯捨てなかったのは、そういうことだったんだね」

「そうそう。さっきの味噌汁みたいに、芯も料理に使えるからね」

「ところでさ、このお茶、そのまま飲むの？」

「いや、これはデザートにする」

「デザート？」

「ゼラチンで冷やし固めて、生クリームと一緒に食べたら美味しいだろうなぁ、って思って」

その言葉通り、陽平は鍋を火にかける傍らで粉ゼラチンを取り出し、水に溶かし入れた。それをレンジで加熱し、ダマのないように溶かしていく。

「あのさぁ、生クリーム泡立てるの面倒だからやんなくてもいい？」

「えー、ホイップした方がよくない？」

「ハンドミキサー出したくないんだけど……」

「陽平さん、手抜きはよくないって」

「お前なぁ、誰が全部メシ作ってると思ってるんだよ」

陽平が和樹の両頬をつまむ。

「和樹、火力そのままで鍋見といて」

「ちょっと、どこ行くの？」

「休憩ー」

陽平はぷらぷらと台所から出ていってしまった。


それから十分ほど経った頃――。

陽平はまたふらりと台所に戻ってきた。

「陽平さん、大分色出てきてるよー」

「おぉー上出来上出来」

何度か頷《うなず》きながら陽平は鍋の中をのぞきこんだ。

「じゃぁ、これザルでこして固めれば完成だな」

陽平はボールの上にザルを載せ、その上から更にキッチンペーパーを置いた物を準備し、鍋にできあがったとうもろこし茶をこしていく。こし取ったお茶に少量の砂糖と用意してあったゼラチンを混ぜ合わせ、型に流しこむ。

「さ、これで固まるの待つだけだね」

そう言って陽平は型の上からふんわりとラップをかけ、粗熱を取るために次の調理の邪魔にならない所に置いた。

四十品目「とうもろこしご飯」

「和樹、お米は?」

「いつも通り洗って、水切ってるトコ」

「よしよし」

陽平は和樹の頭をポンポンする。

「じゃ、最後はとうもろこしご飯ね」

「まぁ、やっぱそうだよね」

「さっ、最後もさっさと作っちゃうよー」

陽平は三合分の洗い米をザルから文化釜に移し、普段通りの水加減にする。が、いつもと違い、陽平は水道の水を使わず、予《あらかじ》めボールに用意しておいた水を釜に加えている。一見すると、ボールの中の水は何の変哲もないただの水のようである。不思議そうに見つめる和樹の視線を察して、陽平は話し出す。

「これは塩水。溶け残りがないように予め作っておいたの」

「ふーん」

「ホントは出し汁使おうかなぁ、とも思ったんだけど、ここまでそういう味つけの料理多いからさ」

「なるほどね」

「これが、出汁《だし》代わり」

そう言って陽平は生のとうもろこしの芯を釜の中に入れ、そのままフタを閉めた。

「浸水してる間に、洗い物とか全部やっちゃうよ」

「もうほとんど残ってないじゃん」

「まぁ、俺が料理しながら合間でやってたからね」

その言葉通り、流しにも調理台にも、もうほとんど洗い物は残っていない。

「それでもまだ蒸し器とか残ってるのあるから、洗っちゃうよ」

「俺も何か手伝った方がいいの？」

「いや、できる限り俺がやるから、必要な時だけ手を貸して」

「はーい」

現金な和樹らしい無邪気な声だ。

陽平は腕まくりをして、洗い物を手際よく片づけていく。

「いつも思うけどさ、陽平さんってさ、台所だと手際いいよね」

「え？」

「普段はマルチタスク苦手じゃん」

「あぁ、デスクワークとかだとね」

「今やってるの、それより遥《はる》かに難しいことだと思うんだけど……」

「やっぱり数やってるからじゃない？　料理を何品も作りながら、片づけも同時にやるように教育されてたし」

「そうなの？」

「調理中も常に流しや調理台はキレイにしておけ、って言われてたよ」

「子どもの頃から？」

「そうだね」

「そりゃぁ、それだけ何年もやってればできるようになるか」

「そういうこと」

洗い物を終えた陽平が文化釜の中にとうもろこしの実を入れ、釜を火にかけた。

「よし、後はいつも通り炊飯するだけだね」

「もうすぐご飯？」

「そのつもり」

「よーやく酒飲めるー！」

「そこは『腹減った！』じゃないのね」

「それもあるけど、今はキンキンに冷えたビールが飲みたい！」

「冷蔵庫に入れてたゼリー、固まってるけど味見する？」

先に作っていた他の料理と一緒に、ゼリーの型を冷蔵庫から出してくる。

「えー、食べたい食べたい」

「はい、あーん」

幼子のように、和樹が素直に口を開ける。その口に、陽平がスプーンですくったゼリーを入れてやる。

「少し苦いかな？」

「うーん、香ばしい感じ？　ほんの少し甘いかな」

「少しだけ砂糖入れたからね。後はとうもろこし本来の甘みもあると思う」

「ほうじ茶にも近い感じで、独特のクセのある味だね」

「でも不味《まず》くはないでしょ？」

「まぁね。けど生クリームほしい」

「生意気だなぁ……」

丁度文化釜が沸々とし始め、陽平はコンロの前にかがみこんで火力を調整する。そのままおこげを作らないように、注意しながら炊飯していく。

炊き上がったご飯を蒸らしている合間に、陽平は残りの料理を仕上げ、和樹と手分けして各々皿に盛りつけていく。食事の支度が大方整った頃合いで、陽平が文化釜のフタを開けた。真っ白な湯気の中から、黄色の鮮やかなとうもろこしご飯が姿を表す。少し固めに炊き上げた米も、粒の一つ一つがキラキラと真珠のようだ。

「うわ、キレイな黄色になってるねぇ」

「ホントだ。白米の白と合うね」

「とうもろこし縛りがなければ、彩り重視で枝豆も入れたんだけどねぇ」

「あー絶対キレイなヤツ」

芯を取り除き、陽平が仕上げに軽く釜全体をしゃもじで混ぜ合わせる。

「あー早く食べたい」

「じゃぁこのまま茶碗《ちゃわん》によそって、すぐご飯にしよう。しゃもじあげるから、好きなように盛りな」

各々が自分の茶碗にとうもろこしご飯をよそい、それを持って二人は食卓についた。

「それじゃぁ、」

「いただきまーす！」

迷うことなく、真っ先に和樹はとうもろこしご飯に箸を伸ばした。

「味薄い？」

「ぜーんぜん。他のとうもろこし料理と違って、甘さ控え目だなぁー、って感じ」

和樹の食レポを聞き、安堵《あんど》して陽平も箸をつけた。少し固めの米も食感の残ったとうもろこしも、一方のみが主張することなく絶妙の塩梅《あんばい》に仕上がっていた。味の方も、芯を入れたお陰か塩だけの単調な味にならず、旨味《うまみ》のある味わいだ。

「いやー、我ながら美味《うま》くできたね」

「ご飯が美味《おい》しいと、やっぱビールが進むわ」

「いやお前、酒飲めれば関係ないだろ……」

「アハハ！　そうかもねー」

今宵《こよい》もまた、こうして束《つか》の間の週末が過ぎ去っていく。

【はじまりのはじまり】

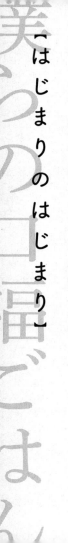

一

まだ夏の名残を感じるような九月の陽が、並木道の石畳に燦々《さんさん》と降り注いでいた。

大学の正門をくぐり、キャンパスへと続くその並木道に出た陽平《ようへい》は、慣れぬ雰囲気に辟易《へきえき》としながら、人混みの中をかき分けるようにして歩いていた。今日は人に呼ばれ、自分の通う大学とは別の大学に来ていたのだった。このキャンパスには何度か来ているが、やはり何度来ようとも、人の多さや、学生が醸し出す雑然とした賑《にぎ》やかさが肌に合わないと感じる。

陽平もれっきとした学生だが、陽平は学生特有の賑やかな雰囲気が苦手だ。そのノリに馴染《なじ》めず、未《ま》だ自分の通う大学にもこれといった居場所を見つけられずにいる。

「おーい、陽平――」

と、陽平はその声にパッと顔を上げる。その先には、見慣れた顔があった。

陽平は軽く手を挙げ、その人物の許へと駆け寄る。声をかけてきたのは、昔馴染《むかしなじ》みの川上《かわかみ》だった。川上とは高校時代からの付き合いで、別々の大学に進んだ今でも、こうして親しく交流している数少ない友人なのだ。今日は川上に呼び出されて、陽平はわざわざ川上の大学まで出向いたのだった。

陽平が川上に声をかけようとすると、その脇には見慣れない人影があった。

「おう、きたか」

「あぁ、久しぶり」

「ゴメンな、こっちまで呼び出して」

「別に大丈夫」

「あぁ、お前は知らないよな、コイツは俺の後輩」

「ほう、」

陽平は川上の傍らに立つ男に視線をずらす。

川上が傍らの男に何やら耳打ちをする。大方自分の説明でもしているのだろう。

「はじめまして、工学部一年の、飯野和樹《いいのかずき》といいます」

「どうも、簗城《やなぎ》です」

深々と頭を下げる和樹にならい、陽平もぺこりと頭を下げる。陽平の眼前に立つ和樹は、百八十はあるだろうか。百七十過ぎの陽平にはかなり上背があるように感じられる。年下なのもあるだろうが、眼鏡をかけ、いかにも理系っぽい風貌の和樹は、陽平には初々しく、大人しく感じられた。

「ま、そんな感じで、たまたまそこで会ってさ、お前来るまで、話し相手になってもらってたの」

「へぇ」

「まぁ、そんな感じです」

和樹が照れくさそうに頭をかく。

「で、川上、今日は俺に何か用事あったんだろ？」

「あぁ、ちょっと頼みたい事があってな。まぁ、詳細は歩きながらでも、」

「あっ、川上先輩、俺、これからまだ授業があるので……」

「あぁ、そうか。じゃぁ、頑張れよ」

「はい！」

遠ざかっていく和樹の後ろ姿を、陽平はどこか不思議な思いで長いこと見つめていた。

「……ゴメンな、陽平意外と人見知りだから、変に気遣わせたか？」

「えっ、いや、別に……」

「アイツ、結構面白いヤツなんだよ」

「へぇ、そうなの。若いなぁ、とは思ったけど」

「別に院生の俺らと四つぐらいしか歳《とし》変わんないぞ」

「真《ま》っ直《す》ぐで裏表のなさそうな感じだな、って。凄《すご》く澄んだ目をしてる」

「相変わらず、陽平の観察眼はさすがだな」

「俺のはただの当てずっぽう。あんたも人を見る目はある方でしょ。ま、川上が目をかけてあげるぐらいだから、変な子ではないんだろうな、と思ったのはある」

「なんだよそれ」

笑う陽平の中に、再び和樹の顔がフッと思い浮かぶ。

これが、陽平と和樹の出会いだった。

二

バイト先の店を出た陽平は、重い足取りで駅へと向かっていた。もう十一時近いので、繁華街の中とはいえ、行き交う人もまばらだ。

一緒にバイトをしていた後輩と別れ、くたくたになりながら歩いていた陽平は、店から少し進んだ所で不意に背後から声をかけられた。

「あれ、ヤナギ先輩じゃないですか？」

振り返ると、先日会った和樹が立っていた。あの背の高さと、眼鏡をかけた顔はそう簡単には忘れるものではない。

「あぁ、君か」

「後ろ姿見てて、もしかしたらそうかなぁ、と思って声かけたんですけど、正解でした」

和樹は人懐っこそうな笑みを浮かべる。

「君はこんな時間まで何してたの？」

「あぁ、ちょっと飲み会に誘われて……。そう言う先輩は、こんな夜遅くまで何されたんですか？」

「俺は今バイト終わったとこ。あと、別に俺のこと先輩呼びしなくていいよ」

「じゃぁ、ヤナギさんで」

和樹からそう呼ばれるのは何だかこそばゆい気もしたが、陽平はそのまま受け流した。

「ヤナギさんのバイト先って、この近くなんですか？」

「あぁ、すぐそこの洋食屋だよ」

陽平はついさっき自分が出てきた店を指差す。

「へぇ、飲食バイトされてるんですね。夜遅くまでお疲れ様です」

「君はバイトしてないの？」

「俺はコンビニ店員やってますよ」

「へぇ、コンビニかぁ。色々覚えること多くて大変だよね」

「そうですね」

「俺も前にやってたことあるよ」

「そうなんですか？」

親近感を覚えたのか、和樹の目が輝く。

「うん。そんなに長期ではなかったけどね」

「やっぱり飲食ってことは、賄いとかって出るんですか？」

「出るよ」

「えー、いいなぁ！」

「今はコンビニでも廃棄食べさしてくれるトコ少ないもんね」

「そうなんですよー。俺のトコも食べさしてもらえなくて」

どうやらこの青年、中々に食い意地が張っているらしい。さっきから食べ物の話題にやたらと食いついてくる。頬を膨らませる和樹の姿が陽平には微笑《ほほえ》ましく感じられた。疲れ切っていて、いつもなら人と会話をしたい気分にはまずならないのに、不思議とこの青年との会話には煩わしさを感じなかった。

「ヤナギさんって、バイトはホールですか、キッチンですか？」

「ん？　ホールだけど。それがどうしたの？」

「いやー、やっぱり料理得意だったりするのかなー、と」

「別に料理はできなくはないけど、俺、料理は嫌いだよ」

「そうなんですか？」

「うん。何となく、接客なら自分に向いてるだろうな、って気持ちで今のバイト選んだだけだからね」

「そうなんですね……、何かヤナギさんって、料理上手そうな顔されてますよね」

「なんだそりゃ」

「根拠は特にないですけど、俺の直感です。すごく優しそうな人に見えるから、おふくろの味、みたいな料理得意そうだなぁ、って」

「そりゃどーも」

和樹の突飛な発言に困惑しながら、とりあえず頭を下げる。

「さっきから思ってたけど、君、食べるの相当好きでしょ？」

「そうですね。食べるのは大好きですね。三度の飯が毎日の楽しみです」

天真爛漫《てんしんらんまん》とはこういう青年のことを言うのかもしれないと陽平は思った。人の心の中に入るのが上手なのかもしれない。裏表がなく、飾らない言葉を並べるその青年の話し方に、陽平は不思議と構えていた物が溶け、疲れさえ少し軽くなった気がした。

「食べ物の話になると、ホントに楽しそうな顔するのな」

「だって、どうせ一日三回何か食べなきゃいけないなら、美味しい物食べたいじゃないですか」

食べ物を口にすることすら疎ましく感じることのある陽平には、別世界の人間の言葉のようにすら聞こえる。本当に無邪気に、自分に素直に生きているのだろう。

「君、今度俺のバイト先おいで」

「え？」

「俺が作ってる訳じゃないけど、今の店はそれなりに美味《うま》い物を出してる方だと思う。値段もそこまで高くないし」

「いいんですか？」

「おまけとかはしてあげられる訳じゃないけど、それでもよければ」

自分で言っておきながら、陽平はほぼ面識のない和樹に対し何故《なぜ》こんな風に声をかけたのか分からなかった。

「絶対行きます!!」

すぐ明日にでも来そうな勢いに、思わず陽平はぷっと噴き出す。和樹と話しながら歩いている内に、気付けば駅の改札口の前まで来ていた。

「君、電車の方向どっち？」

「俺、こっちです」

「じゃぁ俺とは逆だね。夜遅いから、気を付けて帰るんだよ」

「はーい！　ヤナギさんもお気を付けて！」

手を振って雑踏の中に消えていく和樹の姿を、陽平は眩《まぶ》しげに眺めていた。

それから、十日程が過ぎたある日——。

昼時を過ぎ、少し静かになった店内で、陽平は制服に身を包みテーブルを磨いていた。

カランカラン、と入り口の鈴が鳴り、陽平は反射的に入り口の方に笑顔を向ける。

「いらっしゃいませー……、って、あれ？　どうしたの？」

「どーも」

「まさかホントに来るとは」

「いやー、お言葉に甘えて来ちゃいました」

入り口に立っていたのは、他ならぬ和樹だったのだ。思いがけない客に、陽平は接客用の笑顔に動揺を隠して平静を装う。軽い気持ちで誘いはしたものの、まさかこんなすぐに来てくれるとは思っていなかったのだ。

「さ、中へどうぞ」

今までも何度か経験したことがあるが、制服姿で見知った顔に出くわすというのは、何とも決まり悪い感じだ。

そのままメニューの冊子を手に、和樹を席へと通す。水のグラスとオーダーを書く紙を手に、再び和樹の座る席に行くと、和樹はメニュー表を相手に真剣に睨《にら》めっこをしているようだった。

「ご注文はお決まりですか？　お水、ここに置いておくね」

「ありがとうございます。うーん、オムライスもいいんですけど、今エビフライも美味《おい》しそうだなぁ、って迷ってて……」

「じゃぁ、相盛りにする？　オムライスの上にエビフライ載っけて」

「できるんですか？」

「うん」

「じゃぁ、それで！」

「かしこまりました。ご飯は大盛りの方がいい？」

「じゃぁ、大盛りで！」

「かしこまりました。今ご用意してきますね」

そのままバックヤードに下がると、陽平は先輩に声をかけられた。

「あの人、簗城君の知り合い？」

「まぁ、そんなとこですけど」

どうやら和樹とのやり取りを見られていたようだ。

「爽やかな感じで、元気のいい子だね」

「そうですね」

先輩と二人でバックヤードから和樹の姿を窺《うかが》う。和樹は遊園地に連れて来てもらった子どもみたいに嬉《うれ》しそうな顔で料理が出てくるのを待っている。

「なんか凄《すご》く楽しそうね」

「ご飯食べるのが好きって、本人言ってましたよ」

「あー、なるほど」

あれだけ楽しそうに飯の話をする和樹である。美味しそうにご飯を頬張る姿は、見た事がなくとも容易に想像がつく。

「大学の友達?」

「いや、大学別なんですけど、親友の後輩です」

「それは、また珍しい関係だね」

「知り合いっていっても、実はそこまで話したことないんですけどね」

「そうなんだ」

昼時に溜《た》まった洗い物をしながら、そのまま会話を続けていると、奥のキッチンから和樹の頼んだオムライスが出されてきた。陽平はそれを受け取り、和樹の座る席へと運んでいく。

「お待たせいたしました。ご注文の料理です」

「ありがとうございます!」

和樹は目を輝かせながら、いただきますと言ってすぐさま皿に盛られたオムライスに手を伸ばす。陽平は微笑みながら下がると、食事を頬張る和樹をバックヤードから興味深く眺めていた。

「……やっぱ気になる？」

「あっ、すみません、ちゃんと仕事します」

「いや、別に今忙しくないからそんな気にしなくていいよ」

洗い物を終え、手を拭きながら先輩が陽平の横にやってくる。

「オムライス食べてる？」

「はい」

「いやー、美味しそうに食べるねぇ」

「ですね」

「まぁあれ見てるだけで、悪い人ではないんだなぁ、って思うよね。ほらさ、ホールしてると、色んなお客様見るから、そーゆーのは自然と分かるようになるじゃない？」

「まぁ確かに」

「あんな子にウチで働いてもらえたら嬉しいよね」

「コンビニでバイトしてるって言ってましたよ」

「あー、何か接客業してそうな感じだわ。まだハタチそこらに見えるけど、その割にはしっかりしてるし。お店とかで店員にちゃんと敬語で受け答えしそうな子よね」

「まー、普段店員に対して当たってくるお客も多いですもんねぇ」

「そうそう。ああいう人ばかりがお客様だったらありがたいんだけどねぇ、」

三

「んじゃ、乾杯！」

「かんぱーい！」

「乾杯……ってか、何で俺を飲みに誘ったんだよ。川上一人だとばかり思ってたし」

「えーいいじゃんか」

この日、陽平は川上に誘われ、久々に外で飲むことになったのだ。陽平はてっきりいつもの如《ごと》くサシ飲みなのだろうと思い、何も考えずに指定された飲み屋に来たら、思いがけずそこに和樹が一緒にいたのである。

「何か俺まで……、すみませんお邪魔しちゃって」

「それは全然構わないんだけどさ。川上、俺がそこまで酒強くないって知ってるだろ？何で俺なんかに声かけたのさ」

「まぁいいじゃないか」

「えー、ヤナギさんってお酒弱いんですか？」

「まぁ、そんなに強くない。ってか君、一年ならまだ酒飲んじゃまずいだろ？」

「あー、俺もう成人してるんで大丈夫ですよ」

和樹はもう既に中ジョッキのビールを半分ほど飲んでいた。

「あぁ、そう……」

「前にヤナギさんがバイト終わりにお会いした時も、俺飲み会の帰りだったじゃないですか」

「飯野って、陽平のこと『簗城さん』って呼んでるのな」

「あー、ヤナギさんに先輩呼びするなって怒られて……」

「別に怒ってはないよ」

「陽平は高校の時から先輩呼び嫌がってたからなぁ。でも珍しいな、コイツのこと苗字《みょうじ》で呼ぶ人間の方が少ないから」

「そうなんですか？」

「そう、言ってなかったんだけど、俺、簗城よりも陽平って呼ばれることが多いんだ」

「それ、早く言ってくださいよー」

「別に言っても何もならないでしょ」

「そうですけどー」

「すっかり仲良くなってたのな」

「ヤナギさんと川上先輩は、高校時代から仲良いんですか？」

「そうね。特に俺はあまり友人多い方じゃなかったから、川上は本当に数少ない友人って感じかな。大学入ってからも親交あるのはコイツぐらい」

「えー、意外。バイトだとあんなににこやかにお客さんと話してるのに」

「あれは営業スマイルです」

「ってか、いつの間にか飯野も陽平のバイト先行ってたんだな」

「あー、まぁ、はい」

「川上もたまに来てくれるもんね」

「ホントに時々だけどな。どうだった？　陽平が働いてるの見て」

「変なこと訊《き》かないでよ」

川上の言葉に、陽平が狼狽《ろうばい》する。

「あー、何か外でお会いした時と声も姿も全然違うなー、って思いました」

「だろー？　陽平めちゃくちゃ変わるんだよ」

「もういいじゃないか、その話は」

「テキパキしてるし、お客さんの食べるスピードとか表情とか、すごく色んなことを同時に見てて……、仕事デキる人なんだろうなぁ、って思いました。あとお札数えるのも早かったし」

「君、そんなトコまで見てたのか」

和樹は店に来て、ただバクバクとご飯を食べていただけではなかったらしい。

「すごく生き生きしてましたよね。ヤナギさんって、あのバイトが天職なんだろうなぁって感じましたね」

和樹の口から不意に飛び出した、「天職」という言葉が、何故《なぜ》か陽平の胸に深く刺さった。

「あー、だって陽平の実家、料理屋だもん」

「そうなんですか？」

思わず和樹が驚いて大声を出す。

「でも、前に料理は嫌いって……」

「あー、陽平はずっとそんな感じだよな。メシ作るの上手《うま》いんだけど」

「そうなんですか？」

「あぁ、メシ作るのは本当に上手いと思うよ。自分にはしないけど、他人にメシ作るのはそんなに嫌いじゃないよ」

「お前偏食だもんなー。食事食べてないことも結構あるし。傍《はた》から見てて、結構心配になるよ」

「いいの。こうして今倒れてないんだから。俺は自分の口に入れる物にはそんなに興味ないの」

「俺からしたら、そんな生活絶対ムリだなぁ」

「君はホントに食べるのが好きそうだよね」

「そうですね。食べるの好きですね。あとそれよりも酒が」

そう言って和樹はジョッキを空にした。

「君、せいぜいハタチそこらだろ？　その歳《とし》でそれは末恐ろしいな」

「飯野は酒強いもんなぁ、いくら飲んでも顔に出ないし」

「先輩も強いじゃないですか」

「いや、俺も強いけど、お前程じゃないよ」

そう話す川上は、もう既に少し顔を赤らめている。

「陽平はムリすんなよ」

川上がゆっくりとグラスから酒を飲んでいた陽平を見る。もう既に陽平は顔を真っ赤にしている。

「あぁ、大丈夫……」

「顔かなり赤いぞ」

「えっ、大丈夫ですか、ヤナギさん」

陽平の顔を改めて見て、そのあまりの赤さに気付いた和樹が慌てだす。

「うん、ここの所疲れてたから、今日はいつもより回りが早いのかもしれない……」

「ホントに大丈夫か」

「うん。すぐ冷めるだろうし。ちょっと外に……」

そう言いかけて立ち上がった時だった。陽平は急にバランスを崩し、よろめきそうになる。咄嗟《とっさ》に、すぐ近くにあった壁に手をつく。

「お前、ホントに大丈夫か？」

「ヤナギさん、ホントは結構辛《つら》いんじゃ……」

「いや、マジで大丈夫」

「酒飲みの大丈夫ほど信用ならない言葉はねぇよ」

「いや、そういうあんたも酒飲みでしょうが」

「とにかく、今日はもう帰れ。ホントは俺が送ってってやりたいんだけど、明日朝から用事があるから……」

「いや、心配し過ぎだって。俺、フツーに会話できてるでしょ？　ホントに大丈夫だから。川上も知ってるでしょ？　俺が酔い冷めるの早いの」

「あのぅ……、俺でよければ、ヤナギさん送っていきましょうか？　心配だし」

「あー、助かるわ。悪いんだけど、お願いしてもいい？」

「いやいや、そんな大袈裟《おおげさ》な。ちゃんと歩けるし、会話もできてるから。水飲んで二十分もすれば素面《しらふ》に戻るよ」

「いーから、今日はもうこれでお開き」

結局陽平の言い分は通らず、川上によって半ば強引に会計をされ、三人で店を出ることになった。

「あー、別に気にする必要なんかないのに」

「ところでお前、電車で帰れるのか？」

「当たり前でしょうが」

「じゃぁ、飯野、悪いんだけど陽平のこと頼むな。また今度埋め合わせするから」

「任せておいてください！」

自分の意見を聞くことなく帰っていった川上の後ろ姿を、陽平は呆然《ぼうぜん》と眺めていた。

「……アイツ、心配し過ぎなんだって」

「ヤナギさん、気持ち悪くとかはないですか？」

「もう半分素面です」

「えー、信用ならないなぁ」

和樹が少しバカにしたような目で陽平を見る。和樹も案外酒が回っているのかもしれない。

「だから君も、もう帰っていいよ。俺は一人で帰れるし」

「ダメですよー。川上先輩に任せられてますし」

「アイツには適当に言っとけ」

「マジで心配なんで、送らせてください」

「君、バカ真面目だね」

「理系だからじゃないですかぁ？」

「それ、自分で言っちゃうの？」

「よく人からは融通が利かないって言われますしね」

和樹が引き下がるような素振りはない。このまま押し問答をするのも不毛だし、陽平はかなり疲れている。

「……じゃぁ、君には悪いけど、ウチまで送ってもらおうかな。ここから三十分ぐらいかかるけど大丈夫？」

「大丈夫です」

そう言って二人は電車に乗り、陽平の家に向かった。

四

陽平の言葉通り、自宅にたどり着く頃には陽平はすっかり素面に戻り、顔の赤みも引いていた。マンションの入り口までいいと言うのに、和樹は結局部屋の前まで陽平に付いてきたのだった。ポケットから鍵を取り出し、ドアを開ける。

「ここで帰すのもアレだし、上がってく？　俺は別に構わないけど」

「じゃぁ、お言葉に甘えて少しだけおじゃまします……」

「俺、普段人を家に上げたりしないから、そんなにキレイにしてないけどね」

「大丈夫です、俺の部屋よりかはキレイなんで」

陽平の部屋は、特に変哲もないワンルームだった。ベッドの他にソファーと座卓、それに机とイスに本棚と、キチンと整頓されている訳ではないが、それなりに片付けられている部屋だ。和樹はベッドの上に置かれたペンギンのぬいぐるみに目を留める。

「ペンギン好きなんですか？」

「まぁね」

「可愛《かわい》いですね」

そのすぐ脇には机とイスがあり、机の上にはパソコンの他に、原稿用紙の山や本が積まれていた。

「そこのイスとかソファー、座っていいよ」

和樹を座らせ、陽平もベッドの縁に腰掛けた。

「これは……」

和樹が机に置かれた原稿用紙に目を落とす。

「あー、今書きかけの小説のだね」

「ヤナギさん、小説書かれるんですか？」

「えっとねぇ、一応プロを目指してます。まぁ、まだまだ道半ばですが」

「スゴいじゃないですか!!」

「別に凄《すご》くも何ともないでしょ」

「めちゃくちゃスゴいことですよ！　俺、文章全く書けないので……」

「うん、まぁそんな顔しているよね」

「どんな顔ですか、それ」

「でも、君の物の見方は面白いから、見ていて楽しいよ」

「そうですか？」

「うん。俺とはかなり思考法が違うなぁって思う。目に見えない物を想像するより、今自分の目の前にあることを観察して、そこから色々考えたりするタイプなのかなぁ、って」

「確かに！　そうかもしれないです！」

陽平がニコッと笑う。

「君はこのまま理系の仕事に進みたいの？」

「まだそこまで考えてないですけど、技術系で資格も取れるので、そのつもりで考えてますね。ヤナギさんは、院出た後に考えてる職種もやっぱり文系ですか？」

「まぁ、ずっと文系だからねぇ。でも、実は物書きって、そういうの関係ないのよ。理系だとか文系だとか。どっちにもある程度詳しくないと、書けないことも多いしね」

「作家さんって凄いんですね……」

「はい、つまらない話はおしまい。何か飲むでしょ？」

立ち上がろうとした陽平を、和樹が慌てて制する。

「ヤナギさんはそのままでいてください」

「俺、そんな病人じゃないよ？」

「いや、何かあったら川上先輩に合わせる顔ないですから」

「ふっ、義理堅いのな。なら、冷蔵庫に何か飲み物入ってるはずだから、好きに飲んでいいよ」

「んじゃ、お言葉に甘えて」

和樹は冷蔵庫をそっと開けた。中身はそれほど多くなく、飲み物のペットボトルの他は少量の調味料や卵ぐらいで、がらんとしている。和樹はいくつかあった飲み物のペットボトルから、サイダーのボトルを手に取った。

「サイダー、ご馳走《ちそう》になりますね」

「どーぞ」

「ヤナギさんもお水飲んだ方がいいんじゃないですか？」

「いや、ホントに大丈夫だから。あと君、家帰らなくて大丈夫？」

「帰って大丈夫ですか？」

「君と今こうして話してるじゃない」

「そうですけど、なんかヤナギさん、危なっかしくて……」

「ひどい言われようだなぁ」

「それだけ心配なんですって」

不意に和樹があくびをする。

「すみません」

「いや、もう眠い時間よな。ゴメン、うっかりしてたんだけど、まだ帰りの電車ある？」

「それが……」

「やっぱりもうないか」

「はい……」

「じゃぁ、金は俺が出してあげるから、タクシーで帰りなよ」

「それが……」

「俺に付き合わせたんだし、金なら気にしなくてもいいよ」

「それなんですけど、俺、家まぁまぁ遠くて……。たぶんここからだと一万以上はするのでさすがに申し訳なさ過ぎますよ」

「そっかぁ、それは困ったな……、じゃぁ、君さえ問題ないのであれば、今晩ウチに泊まっていくかい？」

「え？」

「大した場所じゃないけど、朝までどうにか休めるぐらいの場所は充分あるから……」

「ホントすみません、お世話になります」

「俺、もう寝るけど。君は風呂使うなり何か飲み食いするなり好きに過ごしていいからね。本当に帰りたければお金あげるから、タクシーで帰っていいから」

「いや、このまま朝までいさせてもらいます。このソファー借りていいですか？」

「なら、そこの端に寝袋あるからそれ使ってもいいよ。君の身長だと窮屈だろ」

「すみません」

「いいんだよ。好きに使って」

「ありがとうございます」

「風呂入るならタオル使ってもいいし、スウェットとか、あるの使えるようなら好きに使ってていいからね」

「ありがとうございます」

「んじゃ、俺は寝かせてもらうね。じゃないと君が寝てくれないだろうし」

「そうですね。俺が見てますからね」

陽平はそのまま力なくベッドの上に倒れ込む。寝るなら着替えなければ、などと一瞬頭をよぎったが、結局は睡魔に負け、そのまま眠りの底へと落ちてしまったのだった。


陽平はハッと目を覚ました。暗い部屋の中ではよく分からないが、恐らくまだ夜明け前なのだろう、カーテンの向こうから漏れる光がない。

酒を飲むと決まって、こうして朝早くに目が覚めるのだ。

陽平はむくっと身を起こし、スマホの画面で時刻を確認する。やはりまだ六時前だった。と、いつもは聞こえることのないいびきが聞こえてきて、陽平は再びハッとする。寝ぼけた頭の中で、昨日飲みに行き、そのまま成り行きで和樹に送ってもらったことを思い出す。別に記憶がない訳ではないが、改めて昨日の顚末《てんまつ》を思い出して一人赤面していた。

陽平はそのまま起き上がり、和樹を起こさないように隅の机に向かった。どうせこのまま横になったとてもう一回寝れないので、じっとしているぐらいなら執筆に時間を回そうと思ったのだ。

陽平は机に向き合い、卓上スタンドの電気を点《つ》ける。和樹はかなり熟睡してるので、恐らくちょっとやそっとでは起きてこない雰囲気だ。陽平は和樹に構わず、そのまま原稿を書き進めていく。

しばらく作業を進め、不意に空腹感に襲われた。

そういえば、昨晩はそこまでしっかりと食べていなかった。たまには人並みに朝食でも食べることにしようか考えていると、ふと思い立ったことがあった。

――たまには何か自分で作るか。

そんなことを思うのは、かなり久しぶりのことだった。

陽平はキリのいい所まで作業を終わらせると、伸びをして台所に立った。

大きな音を立てないよう、冷蔵庫の中や戸棚の中を探し、家にある食材を確認する。普段の不摂生がたたり、肝心な時にロクな食材がない。こればかりは自分を恨むしかない。

陽平は冷蔵庫の前で腕組みをし、献立を考える。普段から行き当たりばったりで料理を作ることが多いから、あり物で何とかするのは元より陽平の得意とする所である。それほど時を置かずに、陽平の頭に献立が思い浮かんできた。

どう頑張っても正直粗末な料理しか作れないが、何も用意しないよりはマシだろう。幸い数日前に買った卵があったので、とりあえず何かしらは作れるはずだと思った。

とりあえず陽平は米を研ぎ、それをザルに上げた。

その間にまた台所を引っかき回し、見つけてきた乾物を調理台の上に出す。

米を炊きながら、陽平は残り物の根菜類を切り、戸棚から見つけてきた乾燥のワカメを水で戻す。

小鍋を引っ張り出し、その中で出汁《だし》を引く。ベースに使うのは顆粒《かりゅう》の出汁だが、それに手を加えて自分流の味に直していく。根菜をその中に入れ、調味料で味を調えてから味見をした陽平は満足げな表情を浮かべた。質素な食材だとしても、味に妥協をするつもりはない。それがせめてもの陽平の矜持《きょうじ》だった。包丁を手に持ち、料理をしながらそのような感情を抱いたのは、いつぶりのことだろうか。

丁度朝食の支度が出来上がった所で、和樹が図ったかのようにむくっと起きてきた。匂いを嗅ぎ付けたのか、少し鼻をひくつかせる。

「いい匂い……」

「おはよう。そんなに大した物じゃないけど、お詫《わ》びに朝ご飯用意してるよ」

「おはようございます。それ、何ですか？」

まだ和樹の声が少しとろんとしている。

「うーん、強いて言うなら、卵と野菜の雑炊、かな。ゴメンね余り物で」

「いや、凄く美味《おい》しそうです。ヤナギさん、もう気分は大丈夫ですか？」

「うん、もうさすがに大丈夫。今用意するから、座って待ってて」

「分かりました」

少し寝ぼけながら座卓の前で待つ和樹の前に、陽平は雑炊の入った丼を置いた。それよりも少なめに盛った自分の丼も座卓に置く。

「さ、召し上がれ」

「いただきます」

「……どう、味は？」

「やっぱり、俺の予想は合ってたんですね。めちゃくちゃ美味しいです」

「そう、それはよかった。これぐらいなら、いつでも作ってあげるよ」

「ありがとうございます」

「君は本当に、何かを食べているのが似合うよね。生き生きしてる」

そう言いながら、陽平もまた、いつになく自分が満ち足りた気持ちになっていることを感じていた。誰かに食事を振る舞って、こんな気持ちになるのは初めてだった。

「それで自分の苗字《みょうじ》に飯の文字入ってるんだから、笑っちゃいますよね」

「えっ、君の苗字って……」

「えっ、飯に野原の野で、飯野ですけど……」

和樹の言葉に陽平の顔が一瞬固まる。

「あれ、ヤナギさん、俺の苗字何だと思ってたんですか？」

「俺……、てっきり『いの』君だとばっかり勘違いしてた……」

陽平は恥ずかしさのあまり赤面する。それを見て、和樹が爆笑する。

「やだなぁ、俺は飯野ですよ。『い・い・の』」

「ゴメンな」

「ほら、これです」

和樹がムキになって学生証を陽平に見せる。そこには確かに「飯野」と書かれていた。

「へぇ、飯に野で、飯野さんか……」

そう呟《つぶや》きながら、やはりこの青年と自分とはご飯を通して何やら縁があったのかもしれないと思った。

「……不思議なモンだな」

「え？　今何か言いましたか？」

「いや、飯野さんって、俺は今まで会ったことがないなぁ、って」

「そういうヤナギさんは、まぁまぁいる苗字ですよね？」

「あっ……」

「俺、何か変なこと言いました？」

「たぶん、君も俺の苗字を勘違いしてる。まぁお互い、口頭で名乗っただけだもんね」

そう言って陽平も自分の学生証を出してくる。

「俺のヤナギは、植物の柳じゃなくて、この漢字」

「うわぁ、これは読めないですね」

「かなり珍しいんじゃないかな」

「ですね」

「まぁこれで、お互いに誤解が解けた、ってことで」

「そうですね」

陽平と和樹は顔を見合わせて笑う。そうこうしている間に、和樹は丼の雑炊をぺろりと平らげてしまった。

「おう、キレイに食べたね」

「簗城《やなぎ》さん、」

「ん？」

「ごちそうさまでした！　本当に、物凄《ものすご》く美味しかったです」

陽平の胸に、この時の言葉と和樹の笑顔は、深く刻み込まれることになるのだった。

あとがき

――一つの食材を見て、瞬時に七品浮かんだら一人前。

昔から、料理人の父よりこんな言葉をいつともなく聞かされてまいりました。この考えと、江戸の料理本『百珍物』を掛け合わせて誕生したのが本作でございます。料理人を志すでもなく、これまで漫然と聞き流してきた言葉でございますが、よもやこうして料理で小説を書き、それが長年の夢であった文筆の道を拓《ひら》くことになろうとは、誠に縁たる物の不思議さを感じずにはいられません。生まれた時から料理に囲まれて育ち、気付いた時には包丁を握っておりました故、執筆にあたっては、献立から細かな調理法、味付けに至るまで随所にこだわりを詰め込ませていただきました。「おいしい」小説として、本作をご覧の皆様に遍《あまね》く口福のお裾分けが出来ましたならば、これに勝る誉れはございません。

陽平《ようへい》と和樹《かずき》はもちろん、透瑠《とうる》さんや川上《かわかみ》君も登場人物は皆私の周囲に居る人物をモデルにしております。そうした周囲の人間のお力添えあって、ここまで参りました。いつも粗《そ》忽《こつ》で愚図な私にお付き合いいただいた編集部のお方々にも、改めて厚く御礼申し上げます。そして最後に、食を追究し『百珍物』という偉大なる書を書き上げた先人方に敬意を表して。皆様にまたお目にかかれますことを願いつつ、結びの言葉とさせていただきます。

本書はカクヨムに掲載された「僕らの口福ごはん」に、加筆修正した作品です。

《参考文献》

『料理百珍集［新装版］』（原田信男　校註・解説／八坂書房）
『うちの郷土料理　次世代に伝えたい大切な味』（農林水産省）
https://www.maff.go.jp/j/keikaku/syokubunka/k_ryouri/
『ポルトガルワインとオリーブオイル Mercado Portugal　空豆のサラダをポルトガルスタイルで』（メルカード・ポルトガル）
https://www.m-portugal.jp/recipe/recipe247.html

富士見L文庫

僕《ぼく》らの口福《こうふく》ごはん

高庭《たかば》駿介《しゅんすけ》

2023年12月15日　初版発行

発行者　山下直久
発　行　株式会社 KADOKAWA
〒102-8177　東京都千代田区富士見2-13-3
電話　0570-002-301（ナビダイヤル）

印刷所　株式会社暁印刷
製本所　本間製本株式会社
装丁者　西村弘美

定価はカバーに表示してあります。　◇◇◇

ISBN 978-4-04-074873-3 C0193